Le Code de la propriété intellectuelle interdit les copies ou reproductions destinées à une utilisation collective. Toute représentation ou reproduction intégrale ou partielle faite par quelque procédé que ce soit, sans le consentement de l'Auteur ou de ses ayants droit ou ayants cause est illicite et constitue une contrefaçon sanctionnée par les articles L. 335-2 et suivants du Code de la propriété intellectuelle.

Droit de citation — Conformément à l'article L. 122-5 du Code de la propriété intellectuelle, les courtes citations sont autorisées, sous réserve que soient indiqués clairement le nom de l'auteur et la source. La citation doit être brève et intégrée au sein d'une œuvre construite pour illustrer un propos. La citation ne doit pas concurrencer l'ouvrage original, mais doit plutôt inciter le lecteur à se rapporter à celui-ci

La Cité des Arions

Récit fantastique

Thierry BRAYER

Du même auteur :

Chez BoD Éditeur

Le Rabot de Louis
Roman

Sous le métro, la plage !
Roman

Au clair de Lune
Roman érotique sous forme de nouvelles

Jean Ier : les cinq jours
Autobiographie historique romancée

Abricotin le lapin
Nouvelles pour jeunes lecteurs

Sépia
Chansons et poèmes

Le rêve de Guillaume
Proses et nouvelles

En savoir plus sur l'auteur :

www.thierrybrayer.fr
thb@thierrybrayer.fr

Thierry Brayer, né en 1962, est formateur en langue française, coach littéraire et en écriture, animateur d'ateliers d'écriture, conférencier et intervenant scolaire, en France comme à l'étranger.

Lourdes sont les idées,
faibles sont les hommes.

2

Gaméorok

La terre est mauve, le ciel est vert, la mer est jaune. La première montagne que je vois est bleue, cachant un soleil naissant trop violet pour être vrai. À trop voyager dans un passé noir et blanc, j'en avais oublié les couleurs du futur que j'ai enfin mérité. Bo m'accompagne dans ce périple inattendu du bout du crayon et note les parfums et les cris qu'elle découvre en même temps que moi. Plus je lui parle, plus elle écoute. J'ai bien fait de lui changer ses accus. Nos pas s'enfoncent dans ce paysage sans fin, mais pas sans appétit. Au loin, s'offrant comme une oasis, la ville d'un seul plaisir : Gaméorok tant attendue, tant rêvée, tant construite, résonne à mes ouïes tendues. J'actionne alors mon générateur d'eau et verse dans mes mains rocailleuses quelques gouttes de ce liquide interdit. Bo me fait un clin d'œil, la pauvre ! Devant nous, les gâtines, d'anciennes dunes, sont nombreuses et servent de pâturage aux dagornes[1]. Elles nous obligent à presque voler pour atteindre avant la deuxième nuit de cette journée anachronique notre destination. Mais nous ne volons pas : nous faisons mieux !

– Avançons violemment ! crié-je à ma compagne d'infortune. La Cité des Arions n'admet que les vainqueurs !

Soudain, en une vague de colère, le ciel s'obscurcit en moins d'une seconde pour la première fois. Deux lunes apparaissent en complices et composent avec l'étoile rose de Caryopsée le fameux Delta de Jubarte. Il me faut me dépêcher de le colorier

---

[1] Animal.

avant qu'il ne disparaisse. Alors que la minute s'estompe, Bo se relève et me montre le chemin que la seconde aube nous dessine. Le ciel redevient vert, comme à son habitude depuis le Grand Jour. Gaméorok se contraste en lui et me joue le chant des sirènes. Je sors de ma poche la carte interdite de cette contrée absurde, mon laissez-passer, mon laissez-rêver, ma boussole de papier pour arriver jusqu'ici. Un sourire vers Bo pour unique force et me voilà encore plus riche de mille envies de conquérir cet ancien Nouveau Monde. Au sol, sous un caillou tremblant, une pièce de dix Canus oubliée par un marchand pressé me sourit.

Que ce voyage commence bien !

Pour arriver là où j'en suis, certains hommes et assimilés humains ont volé ou tué. À croire qu'il faut être malhonnête pour gagner le respect. J'ai toujours voulu être sage sans trahir et me faire respecter sans me faire craindre. Bo en sait quelque chose. Si elle est là aujourd'hui, c'est parce que j'ai su lui donner la confiance qu'on ne pouvait lui programmer. À présent, c'est moi qui ai confiance en elle et qui la suis vers notre but. Si elle pouvait courir, elle courrait. Comment peut-elle en avoir envie, elle qui n'existe pas encore ? Je suis sûr qu'elle me parle, je comprends presque ses mots, parfois, elle me sourit. Deviens-je fou ?

Deux portes monumentales, cernées de caryatides à la gloire sans doute de quelques divas d'époque, seront l'entrée de notre future demeure, si je réussis l'épreuve du passage. Je fixe de mes poings la statue d'Amphyclion[1]. Je suis fort de sa présence. Un garde arénicole accompagné d'une cagne, sorte de cerbère sans gloire, mais pas sans hargne, nous interpelle.

– Halte-là ! Sais-tu ce qui tu es ?

Sûr que je le sais, enfin je crois ? Ma quête ne peut s'arrêter à quelques pieds de ma destinée.

– Et que fais-tu ?

– Je fais ce que bon me semble. Nul être ne peut me dire de faire demi-tour à cet instant. Et toi ? Sais-tu qui je suis ?

Alors que je lui pose cette question qui le trouble, je sors de ma poche la pierre tant famée et rougie par mon courage. Par la coutume écrite, je la mets au-dessus de ma tête pour attirer son regard et frappe du pied. Le garde, apeuré, me répond rapidement :

– Je ne suis là que pour vérifier ton mérite à fouler Gaméorok. Tu es venu ici en visiteur, pas en conquérant, souviens-t-en ! Je n'ai rien d'autre à te dire que d'entrer. Va ! Et n'oublie pas de savoir qui tu es, tu en auras l'utilité bientôt !

Je croyais être un arion, visiblement, cela ne suffit pas ! Enfin, le clebs se tait : Bo est rassurée ; je la suis et nous entrons. La seconde nuit ne saurait tarder : il va me falloir trouver un endroit pour dormir et une station d'accueil pour Bo. Où aller ?

---

[1] Amphyclion est un lion gigantesque et particulièrement féroce dont les origines sont a priori divines, mais même Dieu n'en est pas sûr car il était absent ce jour-là.

Un astéroscope[1] vient vite à mon aide. Je crois reconnaître en lui les prémices d'une nouvelle réalité, comme dans les livres que me lisait mon père dans son hémisphère bicolore, forcément. Sans doute avait-il raison quand il en parlait. Voici donc un entozoaire qui a réussi ! Nous le suivons, presque en confiance. Il se doute de la vérité que nous cherchons, pardon !, que je cherche. Décidément, j'ai du mal à décérébrer Bo ! Nous marchons encore sur les huiles que les pavés transpirent. Mes chausses sont humides, mais je dois continuer. Le labyrinthe de la Cité se referme sur nous. La nuit est profonde à présent.

Je dois admettre que je n'ai pas peur. Je ne vois pas pourquoi j'aurais peur ? Je ne suis pas l'ennemi de Gaméorok ! Loin d'être tout à fait son ami, ainsi que vient de me le dire le garde, je ne suis que son visiteur. C'est pour cela que j'ai confiance en mes gestes et pas, jusqu'à ce que l'on me fasse changer d'avis : pour le moment, la curiosité me guide et j'avoue aimer cela.

---

[1] Il y a beaucoup d'objets assez insolites qui mériteraient une explication pour une meilleure compréhension de l'histoire.

3
───────

Xéthys

Dans une rue presque venelle, un homme en chenille m'accueille, ignorant Bo et ricanant sans bruit, comme je m'y attendais.

– Venez vous reposer ici et laissez votre ferraille dehors. Personne ne viendra vous la dérober, c'est un modèle dépassé certes, mais pas encore de collection.

Je n'ai pas envie de rire ce soir et encore moins qu'on se moque de Bo. Je suis certainement heureux, mais mon bonheur n'est pas parfait du malheur de ma compagne. Elle n'est pas triste, elle ne sait pas ce que c'est. Sans doute pour ça — doux paradoxe — qu'elle est heureuse ! Je la débranche pour l'économiser et accepte l'invitation de l'inconnu grinçant. Son logement n'est qu'un vulgaire cagnard, mais l'importance du lieu n'a pas de commune mesure avec la fierté pour moi d'y être. J'aimerais déjà questionner ce vagabond, cet indigène, mais je ne le sens pas décidé à me répondre. Il me prête un camelot dont je m'enrobe et je me blottis contre un feu artificiel de bonne qualité bien que tiède. Néanmoins, je n'ai plus froid. Peut-être ai-je faim ? Il m'offre un pain azyme blancâsse. Peut-être ai-je soif ? Il me sert un sirop de canamelle. Peut-être ai-je sommeil ? Il me tend un hamac de chanvre vert.

Que tout cela semble facile ici, l'on pense et l'on a ! Quand j'étais chez moi, ce n'était pas la même limonade édulcorée. J'ai toujours eu le sentiment de n'être ni entendu ni vu, encore moins d'être écouté et regardé ! Là, un inconnu déguenillé me fait confiance en un quart de sable, cela est surprenant, mais je me doute que je suis à peine à l'aube de mes surprises. À la limite, c'est moi la surprise sans être pour autant un cadeau !

Je consulte de mes yeux Bo une dernière fois et je m'endors, innocemment, me préparant à un lendemain plein de promesses. Presque silence pour une presque nuit.

Juste après, il est quinze heures du matin et la journée commence à peine. Ici l'on dit qu'il est F heures, mais j'ai trop de mal à compter en hexadécimal. Une infusion de cannelle, de girofle et de vanille dans du vin m'est servie amicalement par Xéthys, l'homme qui m'héberge et qui a fini par me dire son nom sans trop négocier. Il a une drôle de tête, ou alors c'est moi qui en ai une différente de lui. C'est vrai que je ne suis pas habitué à voir des visages sibyllins. Bo me dirait qu'il est normal, sans doute pour me taquiner. Bo ? Où est-elle, au fait ? J'ai dû la laisser hier soir près de la table en mélanine. Il me semble qu'elle n'y est plus. Il lui arrive de rebouter seule et de partir vers je ne sais quelle galère. De toute façon, elle revient toujours, comme je vais toujours à elle. Xéthys me rassure en me montrant par la fenêtre sans vitre qu'elle m'attend. Je souris. Je me prépare à quitter mon hôte, toujours frileux de ma curiosité. Pourtant, contre son angoisse, je le questionne innocemment comme j'ai été questionné hier :

— Au fait, qui suis-je ?

Je trouve cette question passionnante.

L'homme au visage sans couleur et sans trait se balance de droite à gauche. Je comprends qu'il me faut vite partir avant qu'il n'implose par ma faute. J'aurais voulu qu'il excuse mon indiscipline. Bo sent aussi le danger. Je laisse la pièce de dix

Canus[1] pour unique pardon. Il vacille de plus en plus. Je m'enfuis pour ne pas entendre le bruit sourd de sa peine programmée et ne termine pas mon hypocras sucré.

Et il implose…

Dommage, il en jetait vaste.

---

[1] Un Canus vaut les trois-quarts d'un Œil, soit quasiment un Bras.

5

La Cité des Arions

Me voilà hors-la-loi, hors de leur loi, hors de moi. À peine ici que je suis déjà un criminel malgré moi, malgré loi, malgré foi. La Cité des Arions n'accepte pas les erreurs, rien que les arions, m'a-t-on plus ou moins dit. Xéthys semblait en être une pourtant, car sa pureté n'a su le protéger de mon audace. Je jette le manteau offert la veille pour ne plus avoir de trace. Bo se reformate pour ne pas être interrogée à distance via l'heffetépé[1] et nous repartons de plus belle vers celui qui nous répondra. Le centre cardinal nous révèle comme une sorte de marché, de foire ou de salon où les citadins se troquent des politesses en guise de marchandises. Ce lieu est loin d'être calme des gestes qui s'échangent. Personne ne fait attention à nous. C'est tant mieux ! Un être difforme se présente à moi et me parle en des mots que je ne comprends pas. Bo n'arrive pas à me les translater. Je pense qu'il m'incite à le rejoindre. Je le suis d'un pas fragile et hésitant. Une nouvelle odeur m'envahit les narines. Elle est presque piquante. Je ressens comme une excitation, comme une euphorie soudaine. On me regarde, on me parle, on s'adresse à moi comme à un frère ou un ami que l'on n'a pas vu depuis jamais. Des sourires, des accolades, des compliments fusent. L'un me touche l'épaule, l'autre la joue. Il n'y a que des semblants d'hommes, des ombres de nulle part, des fantômes vivants, presque des pestiférés, des rescapés de je ne sais où, des naufragés du temps de je ne sais quand. Ici ou ailleurs ? Où suis-

---

[1] Système de transfert de fichiers.

je[1] ? Un brouhaha terribillesque gronde à mes oreilles ; trop de mains inconnues m'enlacent, je ne peux les compter. Je ne sens pas de haine, mais j'avoue avoir peur. Mes valeurs ne sont pas les leurs. Peut-être me veulent-ils du mal par le bien qu'ils m'offrent ? Savent-ils pour Xéthys ? Pas de ma faute ! Un être plus âgé, un chef, un caïd, semble les diriger : il lève la main et met sa paume bien droite en écartant les doigts. À la seconde précise où il la referme, la foule se tait et s'immobilise dans un vide inquiétant et inquiété. J'entends l'herbe repousser dans les dunes cadrées, le vent siffler entre les brins qui renaissent, le soleil glisser entre les cirrocumulus sans poussières. Une femme entonne un air de brunette que d'autres, peu à peu, reprennent à leur tour dans une tonalité un peu trop élevée à mon goût vocal. Le contraste avec la voix du lideure est évident et sans complexe : c'est à moi qu'il parle ? Je le crois. Ses mots ne me sont pas inconnus, j'ai presque cru entendre mon nom. Le chant devient strident à présent et la voix du déclamer plus grave encore. Je l'écoute à yeux percés :

— Toi, soldat du monde, je te remercie de la connaissance que tu vas offrir à mon peuple en échange de la sienne. Cette mission te vaut la vie pour un lustre. Seras-tu un bon arion[2] ?

Je suis surpris, étonné devant son message : Je détiendrais une connaissance, la connaissance ? Quelle connaissance ? Je ne connais que ma vie, mon passé, à peine mon présent et rien de mon futur ! C'est même moi qui viens ici pour consulter la

---

[1] Dans la Cité des Arions.

[2] Je pressens un mauvais jeu de mots, mais je ne le relève pas.

Vérité, celle qui est établie et qui se cache en cette Cité féconde. Me voilà à professer alors que je ne suis qu'un misérable élève ! Moi qui n'ai qu'une question, qu'une seule, sans réponse depuis que le jour m'a vu, depuis que j'ai vu ce jour.

Le chant de paix — ou de guerre, je ne sais plus, j'ai perdu mes repères — reprend. Comme un tambour, ce chœur bat en un son unique et m'enivre alors que je cherche dans mon esprit quoi répondre. Dans un ordre établi, l'ecclésia se disperse. C'est alors que Bo l'infidèle me rejoint enfin. Je me retrouve seul avec elle et vice versa. Je prends le temps de lui sourire, je suis sûr que cela ne sert pas à rien. Si l'heure est encore jeune, il me faut encore trouver un gîte couvert pour ce soir, et plus proche de mes préoccupations, me restaurer dans les instants qui viennent. Il m'est difficile de ne pas repenser à ce que l'on m'a demandé. Quand devrais-je répondre ? Je n'en sais rien, je ne sais rien. La première gargote me sert une soupe de flétan et de ris de veau, accompagnée d'un légume fragiforme que je ne reconnais pas, peut-être une fraise salée, tout simplement. On mange souvent ici, il me semble ?

Alors que l'horizon devient ocre, signe d'une éclipse évidente, je m'attarde, assis, à regarder la population s'agiter de nouveau, de part et d'autre de la statue d'un héros local inconnu à mon histoire et qui trône paisiblement. Je ne crois pas qu'il y ait un lien entre l'événement à venir et une quelconque peur. Depuis le temps, elle doit être habituée. En revanche, je suis étonné des couleurs que prend le ciel de secondes en secondes. Le voici à présent presque violacé, comme s'il était court battu et torturé, bourrelé de douleurs noires. Les nuages ont définitivement disparu et ont été remplacés par des aurores invincibles. Impossible qu'elles soient boréales, ce serait absurde ! Je demande à Bo de m'enregistrer ces images, devrais-je même dire, ce tableau fantastique, cette œuvre surnaturelle, ce délire gouaché. Elle me confirme qu'elle n'a pas attendu mes ordres pour le faire, je m'en doutais un peu, mais parfois, il m'est utile de lui rappeler que c'est moi qui la commande. Annulant la chaleur quasi torride qui régnait, une fraîcheur violente s'est installée en un souffle de glace qui explique simplement le retrait de la population des rues. Tout comme elle, j'ai froid. Je relace mes laquettes pour ne plus laisser passer l'air décalorifé entre mes vêtements et ma peau. Je crois ne pas être suffisamment équipé, mais je ne pouvais prévoir. C'est vrai que j'ai fait confiance à l'agence de voyages comme j'aurais fait confiance à un serpent volant sans queue ni tête et qui m'aurait supplié de l'écouter ! À propos de serpent, je n'ai pas vu d'animaux ici, à part moi, bien sûr ! Je crois me souvenir qu'il est usage de ne pas les laisser sortir des habitations, à cause des voreppes[1] qui sont trop agressifs. Ça me change de chez moi ! Pour le moment, personne ne bouge ou ne vole dans la Cité, sinon Bo et moi. Nous allons finir par nous faire remarquer... Pas bon ça !

La nuit est pleine. Elle sera encore très courte, ce n'est que la première de la journée. Ensuite, la vie va reprendre sa normalité pour ce second tiers. Ce rythme est peu habituel pour quelqu'un comme moi. C'est vrai que je pensais aller dormir alors que ce matin qui s'impose naturellement n'est qu'une continuité à la journée précédente. Décidément, rien n'est simple ici ! Je ne vais donc pas boire un jus d'eau, sinon je vais passer pour ridicule, ce n'est vraiment pas l'heure ni le moment : le bonheur, ce n'est pas pour l'instant ! Deux ou trois temps plus

---

[1] NDLA : depuis, cela bien changé !

tard, le ciel est à nouveau rouge et la vie reprend. La pause est terminée, jusqu'à la prochaine. La chaleur a repris ses droits et les sables de lunes retombent sur les bâtisses des cratèriculteurs[1]. Un ronronnement progressif arrive à mes oreilles à mesure que mes pas se rapprochent de l'une d'entre elles. Celle-ci ressemble à la gravure qu'Isabel m'a confiée la saison dernière. Il faut dire qu'elles se ressemblent toutes. Pourtant, celle-ci est caractéristique par son œil central : il est ovale. Je comprends que vous soyez étonné, mais c'est pourtant vrai : il est ovale ! Je questionne Bo rapidement qui me répond presque plus vite. Elle m'énerve quand elle sait toujours tout, même sur le moteur Diesel :

– Les fermes vacardes de la seconde époque sont toutes ornées d'un œil central rond — le siphon — qui diffuse la lumière de l'âtre principal vers l'extérieure, pour éclairer les rues de la Cité. La loi ancestrale des architectologues[2] oblige à ne dessiner que des plans constitués de formes pures : droite, carré, rectangle, cercle. Toute autre forme est proscrite et leurs utilisations relèvent de la Très-Très-Très-Haute-Cour pour trahison aux traditions et complicité de perversion culturelle.

Certes, l'adage populaire dit bien faire l'œil rond alors que tout le monde sait qu'un œil est plutôt ovale. La loi est hypocrite. Ici aussi ! Voilà un bâtisseur de cathédrale peu discipliné qui s'est permis une fantaisie qui a dû lui coûter cher. Malgré tout, l'œil a gardé sa forme originelle, car une autre loi — plus essentielle et

---

[1] Idem architectologues.

[2] Idem cratèriculteurs.

moins idiote — interdit de détruire, de démolir, de jeter — tout simplement d'annuler — toute création afin de ne pas gâcher le travail ou les matériaux utilisés. Le recyclage n'est pas de mise ici. La loi II stipule : « Ce qui est sera » et donc par défaut, restera. C'est discutable : cela veut dire qu'on peut faire un peu ce que l'on veut même si on n'en a pas le droit et le résultat matériel ne peut être détruit. C'est ainsi que cette maison recèle en son mur principal un œil ovale pour l'éternité et même sûrement pour plus longtemps encore. S'il est bien de ne pas détruire, un débat s'ouvre quant au non-respect de la loi en la respectant, justement ! Cet œil aurait-il dû redevenir rond ou rester ovale et représenter l'impertinence aux générations à venir ?

Va savoir !

7

L'Adminisphène

Je m'approche et lis le nom gravé sur le bois acrylique : Adminisphène. Je pense que ce doit être un bâtiment du pouvoir régnant, bien qu'il ressemble plus à un lieu de culte. Je pousse la porte A1 et pénètre l'endroit en pensant à Isabel, évidemment ! La pièce qui m'accueille est vide. Il n'y a d'autres portes que celle qui m'a laissé entrer. Les quatre murs sont droits et hauts de quatre ou cinq terses. Le sous-toit de tuiles de Pavot est éclairé par l'œil fatal, rond ou ovale, on s'en fiche, merde ! Je referme la porte prudemment et au moment où elle claque sur le chambranle, à cette seconde précise, le décor succinct se nourrit d'une foule taiseuse qui m'empêche d'en voir plus. Je ne sais ce que l'on peut venir chercher ici et donc encore moins trouver. Un barbulant s'approche de moi ou moi de lui. Alors que je m'apprête à lui parler, il disparaît. Plus exactement, il s'évapore. Je passe à travers lui comme dans un rêve créditeur. J'entends Bo rouscailler dans la rue. C'est vrai qu'elle n'aime pas être couverte, car cela la ferait bouillir. Ni elle ni moi ne voulons prendre ce risque. Qu'elle m'attende ! Je lui crie que tout va bien. C'est presque vrai. Les murs reflètent mon visage comme dans un lac calmé par une brise de la saison des pleurs. L'eau flotte verticalement sans s'écouler à mes pieds. J'en vois le fond lointain. Un subaqua flotte entre deux eaux sèches et une algue de synthèse s'ouvre à moi comme pour m'attirer. Que cette eau est pure, moi qui n'en ai pas vu depuis si longtemps en si belle et lourde quantité ! Ce que je prévoyais se réalise : alors que je tente de la caresser, elle s'évapore à son tour, comme ce barbulant [1] et toute la foule. La pièce redevient vide et la porte se rouvre. Dois-je comprendre qu'il me faut sortir ?

Je dois le comprendre.

Je me demande si tout ce que je vois ici est réel ? Je n'ai pas de doute sur moi ni sur Bo.

Quoique !

Pour le moment, je me contente d'être spectateur et donc de regarder. Sans doute, dois-je attendre la fin pour savoir ? Cela me rappelle un tube que j'ai visionné jadis qui ne donnait que la réponse à la toute dernière micro seconde. Ensuite, j'ai tout compris, mais j'ai eu mal à la tête.

– Tu as aimé ?

Ledit barbulant de tout à l'heure me questionne alors que je suis sur le pas de la porte.

– Oui ! J'aime l'eau.

– Je sais, répond-il, mais c'est interdit de le penser, attention ! Si une sonde découvre que tu aimes, tu risques d'être éjecté. Cette maison est réellement l'antimaison[2] : tout ce qui s'y passe y est interdit, tu as dû le deviner ? Pour autant, elle existe et personne ne peut empêcher quiconque de la visiter. D'ailleurs, tu as lu son nom sur la porte, c'est clair non ?

---

[1] Le barbulant est le nom de l'habitant normalisé de Gaméorok.

[2] À ne pas confondre avec l'antimatière.

Je me dis que non ! Il continue sans s'en inquiéter :

– Chaque personne qui la foule de ses rêves croit les vivre en une réalité incroyable. Toi, c'est l'eau, moi, ce sont les rires. Quand j'étais petit, j'ai eu un rire, presque par erreur et j'y pense souvent. Alors, je viens ici et j'en entends. Peut-être même qu'un jour, j'en aurai un nouveau, qui sait ? Pour y avoir droit, il faut savoir qui l'on est ! Arrête de penser, et sois !

Alors que je commence à croire que je suis, je le coupe, avec courage :

– Tu me parles ? Pourtant, tu n'existes pas ? Tu me parles parce que je rêve que tu me parles ? Comme tu m'as dit que cette maison réalisait les rêves, tout ceci est normal, mais c'est toi qui m'as donné cette explication réelle alors que tu n'es qu'un rêve. Un rêve qui s'autojustifie ? Finalement, qu'en sais-je que cette maison concrétise les rêves puisque c'est mon rêve qui me dit ce qu'elle fait ? C'est comme si j'étais atteint d'une maladie sans vaccin, et que j'allais chercher celui-ci dans le futur, quand il sera inventé, et que je le ramenais dans mon époque et en devenais le découvreur ! Comme si j'obtenais une réponse avant même d'avoir posé la question ! Écoute, barbulant, cela ne me semble pas possible ?

Il me semble que je parle trop pour un dialogue normal de la vraie vie.

– À toi d'y croire ! Ici n'est pas ailleurs. Si je suis un rêve, donc, je suis ton imagination. Alors, comment pourrais-je-t-en parler puisque je n'existe que par toi et que tu ne connais pas la loi ? Comment alors peux-tu être un arion, même de base ?

— La loi ? Quelle loi ? La loi de qui, de quoi ?

— Oui, la Fatum[1].

---

[1] Voir chapitre suivant.

11

La Fatum[1]

Ce susnommé barbulant a réponse à tout, tout comme Bo. Mais Bo, c'est un peu grâce à moi, cela s'explique.

- La Fatum ? Qu'est-ce encore que ça ? demandé-je.
- La loi, la loi ouverte, c'est surtout une question. N'oublie jamais de la lire en pensant à toi, car la Fatum, c'est toi, être de rien !

Il ajoute.

- Cette question, tu la connais. Tu te la poses tout le temps, mais à l'avenir, ne la pose qu'à toi.

Alors que je ferme la porte, il disparaît sans que je sois réellement sûr qu'il me soit apparu. Et moi, qui suis-je, finalement pour la comprendre, cette Fatum ?

C'est tout sur la Fatum ? Pour le moment, visiblement, oui !

Et me voilà éjecté comme un décalon malpropre : quel toupet !

Gaméorok, puisque majuscule cité parmi les dunes, n'est pas tout à fait plate, mais plutôt plantureuse comme... Isabel à qui je pense trop. Quelques troglodytes comme des nénufars[2] de sable offrent à leur tour leurs lumières vives. Ne serait-il pas

---

[1] Comme annoncé juste avant.

2 Non, il n'y a pas de faute, vous pouvez vérifier de votre côté.

plus simple d'éclairer la ville avec des candélabres ou des cheminées à gaz, tant le sol regorge de soufre ? Je pense qu'ici n'est pas une question de simplicité, mais de réflexion autre que celle qui est la mienne (et celle de Bo, bien sûr). Au pied de ses cabanes de silices et donc de quartz, des goudrons et autres bitumes peu innocents coulent des robinets en un flot visqueux et incessant. Jadis, c'était du lait. Les temps changent, plus rien n'est comme avant, ma pauvre Cécile[1]. Au loin, ce qui ressemble à un groupe de jeunes enfants s'excite après une sorte d'oiseau rampant mort. Chacun ses jeux, le mien est de comprendre comment ça fonctionne ici. Pour le moment, je souhaiterai consulter les livres de la Cité ou plutôt, ce qui sert de livres. Forcément que ça ne doit pas être pareil ! Rien n'est normal ici...

Puisque c'est un souhait, presque un rêve, je pense alors à retourner dans l'Adminisphène. Il me suffira d'y penser fort et le tour sera joué. Parfois, je m'étonne ! Et, sans que je puisse férir un coup, me voici transporté dans une bibliorome[2] gigantesque. Il m'est inutile de demander ce que je cherche, puisque l'hôtesse de silicone, créature poitrinesque à foison déraisonnable, m'indique l'endroit où la Fatum est consultable, en copie bien évidemment. Je crois qu'après sa lecture, je comprendrai mieux les lois de l'endroit, et donc, mon pourquoi du comment de ma présence ici ! Mais bon, nous n'en sommes qu'à la première saison de la journée, patience !

La voilà, cette Fatum, à mes pieds, à mes mains, à mon cœur. J'avance ? Je pensais qu'il me suffirait de savoir lire, mais

---

1 Air connu.

2 Non, rien...

j'avais oublié que le translatophone[1] de Bo délire gravement en ce moment et cette fichue Fatum est écrite dans un dialecte dont même les signes baveux me sont inconnus : on dirait des mathématiques basiques. Bo ne comprend pas non plus. Je n'ai jamais été bon en maths. En plus, déjà que les lois physiques ne sont plus universelles depuis que la météorite de Kepler a frappé le soleil du coin, il n'y a que peu de chances que les lois des nombres ici me soient connues. Bo me résume ladite Fatum en un sabir qui me dit, une fois de plus : « Qui suis-je ? » ou au pire « Où suis-je pour être ce que je suis ? ».

Je le savais déjà que je ne le savais pas encore ! Bo la maligne prend quand même une djipègue[2] pour plus tard, au cas où ! Nous ressortons. Je viens de me rendre compte que j'ai embarqué Bo dans mon rêve déglingué et qu'elle a rendu matérielle la Fatum en la numérisant. Je regrette qu'elle n'en ait pas fait autant avec l'hôtesse. Je crois que j'ai envie de la baiser. Est-ce le moment ?

Pas vraiment !

La deuxième nuit commence à s'écrouler à mes pieds ; le froid revient ; le vent essouffle encore. Juste une nouveauté, le ciel n'est pas noir, mais plutôt résineux, offrant un espace libre où le delta de Jubarte peut se reformer comme hier, comme demain, comme toujours. Je me glisse dans une étable à soupirs et attends avec Bo que tout ceci se termine. À peine deux cents temps plus tard, le jour claque et la vie diurne reprend ses droits.

---

[1] Matériel obsolète, à l'image de Bo.

[2] Sorte d'image numérique d'ancienne génération, remplacée depuis par les djiffs.

Des centaines de pousse-pousse géants drainent les rues pour les vider tout à fait et ranger les citadins dans leurs demeures respectives. Il ne semble n'y avoir que des mâles ou alors, j'ai mal vu les females. Tout est autant désordonné qu'ordonné. Ça grouille, ça gesticule et parle fort, ça joue les divas, les ténors[1].

Pas pour longtemps, la vraie nuit dite la nuit consécutive va tomber rapidement et moi aussi, mais de sommeil, alors que la Vérité n'est pas encore tout à fait dite. L'heure est élevée. Le temps s'incline vers le cinquième point cardinal. Gaméorok est belle ce soir. Bo aussi. Elle m'amuse. Normal, elle a mon humour hérité. Je regarde le ciel : il est peuplé de kafir puisqu'il y fait noir. Les hypocrites sont de tous les mondes, décidément ! Je tombe de fatigue et je cherche comme ces précédentes nuits un endroit où acheter un branle, ou plutôt d'en négocier un, n'ayant point la monnaie adéquate. Un semblant d'homme me fait un signe. Dans un bain-marie qu'il attise, du mercure bouillonnant me laisse penser qu'il s'agit d'un alchimiste. De fil en aiguille, une idée suivant une autre, je me demande qu'elles sont les richesses de cette ville, et si l'or a la valeur que je lui porte.

– L'homme ? Que prépares-tu ?

Dans une langue digne d'un boucan, et avec l'aide efficace de Bo, je comprends qu'il fabrique, effectivement, une sorte de métal précieux qui lui permettra de connaître la richesse, alors que cela n'est pas vraiment utile à Gaméorok : il y a des dingues partout ! J'en suis heureux pour lui, mais cela ne résout pas mon

---

[1] Air connu.

petit problème de couchage. Quoique les nuits soient si courtes, je me demande si cela est bien utile. L'homme touille sans regard sa gamelle qui dégage une certaine odeur. J'ai alors un bref souvenir des foires aux cochons de mon enfance et des pralines chaudes et tendres à cœur que l'on faisait avec leurs yeux.

– Bo ! Tu perds quelque chose avec ta ferraille sans odorat !

L'homme interrompt brutalement son travail, range sa marmite brûlante et bâcle sa porte. Je reste badin et ne peux lui parler. J'ai presque froid tout à coup. À terre, dans une bagnole[1], je découvre des tablettes de cire, des plumes et un calmar presque sépia. S'il y a des scribes ici, c'est que ce bled a une histoire. Cela semblait être la préoccupation de cet alchimiste improvisé. Et moi qui cherche le futur, me voilà anachronique ! J'aimerai bien lire des écrits. Puisque je n'ai pas d'argent, il serait de bon ton de trouver une gazette, bien sûr.

Et une bougie.

La nuit est là, bariolée comme un moineau. Cette fois-ci, je n'ai pas froid. Pas trop faim non plus sinon de connaissances. L'homme rouvre alors son volet, me lance un regard de mousquet et, presque en ami, me dit :

– La nuit est néfaste, c'est la Fatum qui le dit. Taisez-vous !

Me voilà au temps des assemblées romaines ! Où suis-je ? Avant ? Après ? Ni mort, ni vivant, mais ailleurs.

---

[1] Synonyme de panier.

— Et la nuit, on ne boit goutte, on ne coud point, on ne mange mie, on ne moud grain, on ne marche pas, on ne dit mot, on ne fait rien et on ne voit personne, ajoute-t-il.

On ne mange mie ? Pour Bo, ce n'est pas grave, mais pour moi ? Certes je suis loin de mes fêtes de jadis, mais je goûterai bien quelques cocagnes pour me revigorer, j'accepterai d'haricoter un agneau ou d'avaler un cochon saugrenu, accompagné de tartuffes, voire de rogatons même en capilotade, tel un mendiant. Pour simple dessert, des myrobolans. Je n'en aurais pas honte.

Mais je me tais et Bo aussi.

Ai-je le droit de penser ?

13

Les ombres

Je m'accorde ce droit alors qu'une ombre me fait cabot. Je dis une ombre et rien qu'une ombre, seulement une ombre. Elle n'est que l'ombre du vide ou l'ombre d'une autre ombre. Comment puis-je la saluer à mon tour ? De toute façon, je n'ai pas le droit de parler, paraît-il ! Et s'ensuivent autant d'ombres que le mur de la bicoque permet d'en représenter.

Dans un silence assourdissant, elles glissent sur le sol si lisse sans souffrir un seul instant de ma présence spectatrice.[1]

À peine les regardé-je que mon sang se glace. Bo semble apeurée, ce qui est impossible. Le volet s'ouvre. Nous voici happés.

- Je vous ai dit de vous taire sinon vous allez modifier les enregistrements. Ce que vous voyez sont les ombres que la journée n'autorise pas.

- Si l'on parle, on peut tout gâcher et perdre, vous ne semblez pas comprendre l'importance de tout ceci. Savez-vous à la fin qui vous êtes ?

- Perdre quoi, d'abord ?

- Savez-vous qui vous êtes, bon diable, j'ai dit ?

- Je dois dire que non…

---

[1] Merci de noter cette allitération.

Et cela a l'air grave ici ! Pourquoi aurais-je peur des ombres des autres alors que les miennes ne me font pas frémir ? Je me désabuse depuis si longtemps de mes craintes et fantômes qu'à cet instant, je suis désaffecté de tous risques. Je suis ici en attente de passage, pour comprendre qui d'eux ou de moi pourra décider de mon sort. Je ferai tout pour que ce soit moi. Je n'aime pas l'agressivité de l'homme. Je ne suis pas là pour me taire, mais pour ne plus être alouvi. Or, je le suis. Comment m'intégrer dans ce monde sans tain si l'on ne me donne pas un minimum de règles ?

– Non, l'homme, je ne sais pas combien il est grave et inopportun de parler en cet instant ! Explique-moi, je te l'ordonne ! J'ai le droit de le savoir. Figure-toi que je ne serai pas avenant plus longtemps ! Et puis oui, qui suis-je ? Quelle est la réponse à cette question trop simple ?

Il me regarde, me dévisage, me grogne, me fusille, me déplaît.

– Tu n'es plus chez toi, et tu oses me défier de la sorte ? Sache que les ombres sont nos pires cauchemars, mais pour autant notre salut pour l'avenir. Elles travaillent à se confondre dans les écritures pour que nous ayons nos repères. On dirait que tu ne te souviens plus de rien ? Combien de nuitées se sont écoulées depuis ta résurrection ? Combien de phares devront être bâtis pour que tu retrouves la lumière ? Tu nous as défiés et c'est toi qui es puni ? Tu passes ton temps à me pointiller ? Je crois que cela est trop ! Disparais ! Pars en quête et trouve la Solution de ton existence par toi-même et laisse les ombres passer, c'est leur but. Rappelle-toi qu'il ne faut pas se demander pourquoi la pluie nous mouille, mais savoir comment elle nous mouille. Si tu as compris cela, alors, reviens me voir, mais là, je t'en conjure : tais-toi !

Je décide donc de me taire et de me glisser dans une idée que je conservais pour plus tard. Ce monde est ailleurs et je m'y perds. Je ne sais si je suis dans le passé, dans le futur ou dans une autre dimension que je ne sais comment appréhender. Bo en fait autant, paradoxalement rassurée. Et puis qui suis-je ? Tout le monde se le demande ici, une manie, un tique, un toc ?

Depuis que je réfléchis, il est déjà demain. Décidément, la notion du temps me dépasse ici ! C'est le jour quand il fait nuit, nuit quand il fait jour, encore ça, ça serait facile à comprendre, mais le pire c'est que demain n'arrive jamais le jour prévu, mais quelque temps après qu'un autre hier se soit présenté à nos mémoires, pour validation. Je crois que c'est ce que sont venues faire les ombres. Si on les zappe, on ne valide pas et demain ne peut exister. L'homme a dit que la nuit est néfaste, que je crois qu'il voulait dire que c'est moi qui le serais si j'empêche le processus.

Les ombres passent comme des rats.

Silence.

Je vais en profiter pour m'alanguir un instant précieux et régler ma tocante à H +2 et laisser place à demain, le vrai demain, pas les demains des jours pas finis, non le demain d'une nouvelle journée complète. La mienne est encore loin et celle de Bo improbable. Peut-être que je serai alors reposé et moins à rebours ? Avant que mon œil ne s'éteigne, je repense à la Fatum et à ses lois dont un exemplaire autorisé, mais édulcoré m'a été donné. J'ai l'impression parfois qu'elles me sont familières. Je tente de comprendre ce « qui suis-je » ?

Je dors enfin.

Mes rêves ressemblent à un délire d'écrivain. J'y ai tous les droits, même les interdits. Je dirais même surtout les interdits. J'en profite, normalement, personne ne peut me pincer à mes tricheries ! Oui, je sais comme vous qu'il n'y a qu'une personne qui puisse le faire, mais la coïncidence est si faible qu'elle me cadenasse que je peux me lâcher sans peine dans cet océan de délices sucrées et sacrées et secrètes. Au pire, je jouerai la carte de la candeur et de l'innocence, je sais faire, suis un filou.

Je dors encore.

Bo me surveille alentours et traverses. Je peux compter sur elle, au moins pour cela. Rien n'est pire que ne pas avoir confiance en son matériel. Je dors toujours.

17

Le chapitre suivant

Puis, je ne dors plus.

Validant à mon tour ma nuit puisque coutume, je me reverse à la réalité : la terre est mauve, le ciel est vert, la mer est jaune. Cela est d'un banal ! Si encore les couleurs tournaient ? Il paraît que pas loin d'ici, un scorpion poilu, ce qui est déjà assez rare, serait — j'insiste pour le conditionnel — d'une couleur non répertoriée ! On lui donne le nom de couleur guillâtre mais il est impossible de l'expliquer parce que justement, on n'a pas de repère pour la comparer. Évidemment, cette bestiole est devenue une sorte de divinité pour les gens pécunieux et lâches de Gaméorok. Comme si avec la Fatum, ce n'était pas assez compliqué. Ce pauvre insecte va se retrouver dans des temples maudits à être chanté pour l'éternité. Je lui souhaite d'être sourd ! En tout cas, ici, ce matin, c'est flasque et la journée risque d'être longue. Je ne vous ai pas dit ? Nous sommes le vingt-sept, le vingt-sept de la Renommée, celui-là même qui vit l'avènement de Lyophile d'Ordon[1]. Le tout premier. Je vais en profiter pour questionner, dès que Bo m'aura apporté un ventre copieux pour déjeuner.

Nous sommes aujourd'hui : c'est validé, malgré mon bavardage d'hier. Je suis heureux et allégé. Bo me convie à un nouveau festin sans y toucher, elle est déjà assez grosse comme

---

1 Lyophile d'Ordon fut celui qui renomma la Cité des Vainqueurs en Gaméorok, mais personne ne sait ni quand ni pourquoi, ni même si c'est vrai : la preuve est que Wikipédia n'en parle pas.

cela. Pour ma part, je dévore ce qu'elle m'offre et la remercie, je ne sais si elle comprend, mais cela me rassure de parler normalement, cela ne m'arrive pas souvent ici.

Mon premier festin englouti comme un babil de femmes, c'est-à-dire vite et sans consistance, je me lève désankylosant mon corps dans une endormitude apaisante. La température est presque tiède à mi-hauteur. Le mélangeur de la Cité doit être encore en panne. Pas grave, je n'ai rien à ce niveau qui puisse me servir ou craindre. Ah si ! Mon couteau ! Un cadeau dont je m'étais fait la surprise, un soir d'amnésie liquoreuse ! Je le protège et commence mon périple. La ville est derrière moi, j'y file. Je me dis que l'Adminisphène, et surtout la bibliorome que j'aurais dû copier-coller, me répondra ! Je tente d'éviter les cloportes de la veille, je n'ai pas encore envie qu'ils me posent une énigme, je crois en avoir déjà assez comme cela à résoudre pour avoir de nouvelles épreuves. Je me dois de retrouver Xéthys, peu importe son état, et rien ne pourra me contraindre à son contraire, surtout pas les guignols avec leur Fatum.

Qui suis-je ? Que cette question est anodine, mais tellement redondante que je doute. Que dois-je apprendre aux gens d'ici ? Aux bonnes gens ou aux gens bons ?

Je suis d'humeur féroce ! Sans doute la nuit ne m'a-t-elle dérouillé que quelques neurones grippés ? À mon dam, je suis fidèle à mes promesses et je suis venu pour retrouver ma place d'ailleurs. Et je n'ai pas envie de passer un lampadaire de plus ici dans cette galère, que cela soit clair !

Au loin, alors que le bâtiment de l'Adminisphène s'approche de moi, je perçois comme une lueur opaque et vive à la fois qui me fait — j'interprète rapidement — le signe de venir. J'enquiers Bo, bien meilleure osculatrice que moi, de me décrire l'événement.

J'attends son avis.

Il tarde.

J'attends son avis.

— Bo ! C'est long !

Effectivement, je ne m'étais pas trompé : il s'agit bien d'un signe qui m'est destiné. Quant à savoir ce qu'il veut dire, il y a un fossé que les processeurs de ma compagne simili organique tardent à déchiffrer. J'aurais dû l'updater avant de partir, mais le temps ne fut pas ce jour-là en quantité débordante, on s'en souvient tous ! Bref, après un temps court finalement ponctué de crépitement de disques durs et autres mémoires non volatiles, je reçois les premières conclusions : le signe serait amical et volontaire. Je suis surpris de voir utiliser le conditionnel dans un rapport que je voulais précis. Et puis, comment un signe lumineux peut-il être assorti d'un sentiment que je crois plutôt humain ? En tout cas, pour en arriver là, je n'avais pas besoin de Bo. Je la regarde, elle me sourit ! Elle a compris son incompétence et il m'est inutile de pester alors qu'elle se gamine. Je branle mon chef sans plaisir et en me pinçant les lèvres puis me consacre à nouveau à cette lueur, plus importante, plus urgente, plus pressée. C'est vrai qu'elle m'attire et à bien y réfléchir, je ne sais pas où aller ce matin, donc m'approcher d'elle ne serait pas plus justifié que de m'en éloigner.

Aussi y vais-je, y cours-je.

À mesure que je la rejoins, elle s'éloigne. Il est donc absurde de dire que je la rejoins alors. Pourtant, cela est le cas. J'avance réellement vers elle, preuve en est l'Adminisphène qui grossit comme un œuf de Chigne[1], même en cette saison absurde. Mais la lueur reste fidèle à l'image que j'en ai eue au début du chemin : même taille, même puissance. Et une lueur pouvant en cacher un autre, voici que ma Bo — qui en a fini d'être niaise — en a une qui m'éclaircit sur ce phénomène : ce serait une sorte d'hologramme d'un message qui m'est destiné et qui affiche une icône pour m'alerter de son arrivée. C'est pour cela que je ne l'avais pas vue l'autre jour parce que je n'avais pas de message en attente. Il ne me reste plus qu'à le lire, dès que je saurais comment ! En même temps, cet endroit ne révèle que mes rêves, j'ai l'impression de tourner.

— Merci Bo !

— De rien ! ne me répond-elle pas.

Je suis un grand enfant parfois ! C'est bon de rire !

Et je pressens un problème de plus, il va sans doute m'être demandé un mot de passe pour lire ledit message ? Et où vais-je le trouver, ce satané mot de passe ? C'est rasant tout cela, je suis dans un monde qui n'est pas plus simple que celui que j'ai quitté. C'est sûr que les codes, us et coutumes sont différents, mais pas vraiment plus pratiques.

J'improviserai.

---

[1] Bien que cela soit impossible !

Le chapitre suivant

Je suis curieux de tout, de ce que je touche comme de ce que je ne frôle même pas. Je sais que je me pose trop de questions à cause de cette soif que j'halène. J'insiste une fois de plus sur le fait que si je suis ici, ce n'est pas un réel hasard et que je ne dois pas en repartir sans avoir compris. Compris quoi ? Ce qu'il y a à comprendre, rien de plus, rien de moins. Pour avoir la Réponse et partir, il me faut la Question, que je n'ai pas encore à présent. J'en suis tout puceau même si j'en ai une idée. Je décide de croire en ce message qui se présente à moi et j'avance donc.

L'Administère se présente de nouveau à moi : sa lumière qui oscille est en tout cas un premier pas vers la Connaissance. Que puis-je faire d'autre que d'y aller ? Je me joue des nouvelles dimensions que mon univers actuel m'impose. Alors que je suis censé être sous elle, elle reste figée devant moi. Je me joue de la logique et me place là où elle devrait être.

Miracle ?

Un son titille mes oreilles et tournevire mes sens. Je suis reconnu comme moi-même et le fichu passouorde ne m'est pas demandé pour que j'obtienne le message sans que je n'aie à jouter. Voilà une révolution pour le passé d'où je viens ! Je suis donc je suis ! C'est tout simple, mais il fallait y penser. Je sens qu'on me parle, pourtant, non !

Place à l'énigme, je la sens impossible surtout que je ne vais pas savoir à quoi elle va me servir :

Ici n'est pas ailleurs, rien est un tout.

Je m'en doutais ! J'aime les certitudes, je ne suis pas gâté. Et ce message n'est pas signé. Je refile le header à Bo qui va se casser les dents dessus en moins de temps que moi. Il serait temps que je la considère autrement que comme je le fais. Je vais y réfléchir, aussi.

Ici n'est pas ailleurs ? Pas très original tout ça ! Rien est un tout ? C'est justement le fruit de ma réflexion d'y il y a une fraction de chose ! Est-ce un avertissement ou une conclusion ? En aurait-il été pareil si je n'avais déliré sur ce sujet ? J'ai peur que ce soit d'une grande et pathétique banalité clichétaire poncivéenne du tout petit écrivaillonneur que mon auteur est[1].

À moins que ?

À moins que cette affirmation n'ait valeur que d'oripeau, destinée à me provoquer ?

C'est gagné car je suis déçu, je m'attendais à mieux. Et si je relisais mieux le message ? Peut-être que les mots y sont toujours les mêmes, mais que le sens est autre. Voyons cela à l'envers :

Ailleurs n'est pas ici, tout est rien.

Où je suis ? La Terre qui me possède est là où je suis ? Non ?

Rien est un tout : bien sûr, je le sais, je l'ai dit précédemment. Le rien est un tout, mais rien n'est tout, c'est que le rien ne peut être un tout à lui tout seul, même s'il n'est

---

[1] NDLA : merci, ça fait plaisir :(

pas rien. Le rien n'est pas suffisant pour être la totalité d'un tout. Il manque quelque chose, ce que je cherche peut-être ?

Ici n'est pas ailleurs : je suis ici, certes, et ce que j'y trouve n'est pas ailleurs, mais l'ailleurs peut être ici ? Voilà le piège ! L'ailleurs ne doit pas m'intéresser : cela veut dire – Merci Ô lumière ! – que je ne dois pas perdre de temps à me rassurer par ce que je connais, mais plutôt chercher ici la différence, parce qu'elle ne sera pas ailleurs.

Que c'est simple tout à coup ! Que c'est purement beau !

Mais alors, rêvé-je ?

N'empêche que, à l'endroit :

Ici n'est pas ailleurs, rien est un tout.

Il me semble opportun de me réveiller les neurones encombrés depuis que je suis arrivé dans ce taudis. J'ai l'extrême sentiment de ne rien piger aux règles qui régissent Gaméorok. Tout est ineffable ! Est-ce logique ? Sûrement, ceci n'expliquant pas ça, tout est respecté ! En tout état de cause, j'ai mal à la tête.

Rien n'est logique, ai-je dit ? Pourquoi ne pas trouver la Solution avant la Question à la manière d'un Jeopardy radiophonique d'antan, voire de jadis. Pourtant, si j'étais resté chez moi, je ne serais pas ici – non je ne prends personne pour idiot –, mais je n'aurais pas eu les informations qui me disent que j'aurais dû rester chez moi ! Je me dois d'apprendre cette langue, ce dialecte, cet alphabet, cet idiome. Je suis sûr d'une chose : je suis ici et ce n'est pas un hasard. D'ailleurs, le hasard semble être une donnée complètement impossible ici.

Comme cette nuit…

La nuit devient ce qu'elle fut demain, et je m'éloigne de moi, fou dangereux, trop colloqué dans mes rêves maudits. Je n'ai plus à me plaindre, je n'ai plus de souffrance, telle est ma Solution !

Quand vais-je me réveiller ?

Quand vais-je m'endormir ?

Maintenant, mais vite.

19

Le nouveau réveil

Il se passe bien moins d'un siècle avant que je ne me réveille. D'un rêve impossible aux lueurs du tonnerre, je me réveille plus tonique que jadis.

Bo ?

J'en ai ma claque et mon sort de l'appeler ainsi : je ne comprends son attitude fareuse, surtout par ces temps lucides.

Bo ?

Putain d'elle, putain de lui. Et je n'aime pas la couleur qui criarde au lointain sommet, je sais qu'elle va être pour moi avant que je ne revienne à moi. Pas grave, je vais me débrouiller, mais je saurai me venger de l'Autre... Il me vient à boire alors que j'ai soif : quand même, la technique a du bon ! Je me docilise un court instant les papilles castrées par le sable et me voilà d'attaque, amplifié par ce breuvage de carnier sans sucres soustraits, bien sûr, quelle hérésie sinon !!!

Où en étais-je ?

Ah oui ! Un truc du style : ici n'est pas ailleurs. La Fatum, tout me revient, rien n'était perdu, dommage ! L'horreur ne me prend pas le flanc et il me faut avancer, pour ne point reculer. Bien sûr que c'est idiot, mais je ne pense pas être ici pour réfléchir à du secondaire. Ça m'a fait chier d'avoir lesté Bo ! Je crois que j'aurais fini par l'aimer, après tout, ce n'est pas plus mal, non ? C'est franchement pas le moment, on m'attend bientôt, dois-je le rappeler ?

Que dit ma montre à ventraux ? Qu'il est le moment ! Alors j'y vais, j'y retourne, avant ou arrière, cela n'a pas d'importance puisque les repères ont pété depuis l'aube. La seule certitude actuelle m'oblige à me bouger le fondement, sinon il y a risque de perte d'orientation, et là, ça serait terrible. Faut pas que je déraisonne, ma flamme en dépend et elle est de courte mensuration, forcément, puisque c'est la mienne.

Suis-je bête !

Plus j'avance, plus je me relis dans le texte, c'est assez pratique et cela me fait gagner du temps à perdre. Et si j'en ai à revendre, je récupérerai quelques Canus, pire que ceux que j'ai déjà perdus.

Au loin, et c'est évident, il me semble voir Dieu, ou quelqu'un d'approchant. Non, un simple mirage et un regard dans mon texte qui me rappelle que Dieu ne pourrait ne pas être, et donc ne pas être vu, et donc, ne pas exister ? Folie quand j'y pense puisque penser à quelqu'un qui n'existe pas, c'est le faire exister ! Mon énigme me revient :

Ici n'est pas ailleurs, rien est un tout.

Mais je t'emmerde, toi et tes questions à la con, pauvre tache de merde sur ton cul pourri !

Oups ! Je suis croyablement impoli depuis mon éveil ? Que se passe-t-il ? Ce n'est pas mon genre d'ordinaire, Bo pourrait le confirmer ! Et où est cet engin ? Nom de…

Le mot de trop, le Mot de trop, ça va me coûter la peau de mon usine à moi, je parle trop, je me dévioque comme un routier d'immondices. Quel con ! On m'interloque, on me deslipe violemment.

– Oh ! L'homme ?
– Oui c'est moi ? Qui me parle ?
– Personne ! Sauf moi.
– Toi ? Qui es-tu ?
– Je suis.

Ça y est : ça recommence, fallait s'y attendre. C'est loin d'être une blague, la justice perdure ici malgré le non-esprit. Je me dois de m'aplatir. Pardonnez-moi, encore.

– Arrête, tu l'as déjà dit il y a quelques pages.

Incroyable, ce non-type m'a déjà lu : je suis perdu, éliminé, torturé, angoissé, serré, fermée, bloqué comme une vierge devant sa première bite, coincée comme un train de banlieue sur un aiguillage tagué par des cons, je suis foutu, fichu, fachu, fittu, peu importe, c'est la fin.

La fin. Chiotte ! Quoique, non ! Je reconnais cet humour ? Mieux que le mien, c'est celui que j'ai inventé : quel con, je me parle à moi.

– Oh ! Moi, j'ai du temps à me faire perdre ou quoi ?

Je redémarre au tiers de tour et je fonce vers cette cible en forme d'ombres, ou le contraire, je ne vois pas bien d'ici. Heureusement que mon manteau de laine agneline me tient frais sinon je serais encore en sueur tant je cours. Je suis de plus en plus makroskelique[1] sans être roi des Aulnes pour autant[2]. En tout cas, ça me sert au plus fort de mon enlunage ! J'en suis heureux[3] !

Et puis, je ne comprends pas pourquoi un coup, Gaméorok et là et un coup elle n'y est plus ! C'est vrai, ça serait plus facile ! Pour le moment, j'ai l'impression qu'un élastique me traîne et me détraîne sans explication cartésienne et plus j'avance, moins j'avance. Où est Truc que je lui cause de Ramona, une pute d'antan ? C'est vrai, j'y étais presque, je me lisais dans le regard de l'homme sans visage, sa question n'était certes pas limpide, mais elle avait le mérite d'exister.

Et je veux comprendre, sinon je ne pourrais pas repartir.

Quand j'étais mioche, je bouffais de la purée d'escargot, c'était gluant comme le sol sur lequel je suis : suis-je sur un sol ou dans mes souvenirs ? J'ai une idée : ça fait deux fois que je me piège, je suis donc mon pire ennemi, je me dois de contrôler ma pensée ou mieux, de l'orienter vers l'excité. Je m'aime quand je clignote !

Tout à coup, je culmine de génie : je vais penser à l'autre !

— Bo, putain de Bo ?

---

[1] La macroskélie désigne un développement exagéré des membres inférieurs tel que cela survient au cours de certaines maladies.

[2] C'est évident !

[3] J'ai l'impression que trop de notes de bas de page nuisent à la fluidité de la lecture, non ?

Le nouveau réveil

— Quoi ? ne peut-elle pas dire.

— Te revoilà, misérable résidu de capote, sac à foutre binaire ? Tu crois que tu vas t'en sortir sans moi, connasse ?

Ce n'est pas que ça va être mieux avec Bo, mais ça ne sera pas pire. À ma dernière entérite buccale, j'ai été soigné par ce machin quand même ! Bon, à présent que je suis redevenu deux, c'est-à-dire un, je peux repartir avec de meilleures pensées. Il faut que je regagne cette put... cette Cité avant la fin du texte sinon personne ne saura cette put... cette vérité, et même pas moi, le comble. Je ne me vois pas page vierge sans futur ? Du papier à chiotte pour cul véreux ? Quel gâchis, non, moi si beau !

Non Bo, je ne t'ai pas sonnée, ni sonné. Et puis je parle toujours aussi mal. Pourquoi, bordel ? Pourquoi je cause vulgaire depuis quelques pages, merde ?

Il faut que Bo règle ce pébé, et vite, sinon je vais te la désalcaliniser rapido, tu vas voir ! Bref, je roule à nouveau vers le point piqué au vif de ce centre-cité par les ombres du début. Je suis content de voir que je ne perds pas le fil. Je suis à un pet de trouver l'entrée ! J'y suis, j'y suis, j'y suis !

N'cmpêche que ça a l'air pas tranquille ici !

Je suis en train de m'arioniser[1], je le sens, je ne comprends pas mais je vais devoir obéir à... ?

---

[1] Avec un ou deux n, difficile de savoir ?

23

Le retour au début

La terre est mauve, le ciel est vert, la mer est jaune. La première montagne que je vois est bleue, cachant un soleil naissant trop violet pour être vrai. À trop voyager dans un passé noir et blanc, j'en avais oublié les couleurs du futur que...

Le premier qui dit que cela a déjà été dit tout au début sait lire, mais il n'a rien compris à l'histoire et je n'ai pas le temps de recommencer.

La terre est mauve, le ciel est vert, la mer est jaune. La première montagne que je vois est bleue, cachant un pourpre violé par le soleil également vérité.

Hein ? Par contre, je n'ai pas dit ça ! C'est pas écrit !

L'alter est rouge, les ciels sont vers, l'amer est jeune. La première montagne, que je vois, est bleue, impure peau insipide : le soleil fait de même, afin d'être en vert.

Ça chie ! Bo ? Fais quelque chose en urgepliz...

Le changement est rouge, les ciels sont vers, la borne limite est jeune. La première montagne, cela que je vois, est bleue, peau éventée impure : les marques du soleil de la même manière, afin d'être en vert.

Je sens que je vais régresser, ce n'est vraiment pas le moment. Je crois qu'ici, il ne faut pas dormir, car les réveils sont hasardeux.

Quoique, cela pourrait l'idée du temps.

Le changement est rouge, des ciels sont approximativement verts, la frontière est jeune. La première montagne, que je vois, est bleue, peau aérée impure : les indications du soleil sont de la même manière, afin d'être en vert.

Ça y est, c'est mort, je suis bon pour un formatage de bas niveau. Le problème, c'est que je vais tout me perdre ! Quel entôlage, je me suis fait michtonné sans me bouffer la pute, en plus, si près du but !

Une nouvelle tentative de réinite[1] :

La terre est mauve, le ciel est vert, la mer est jaune. La première montagne que je vois est bleue, cachant un soleil naissant trop violet pour être vrai. À trop voyager dans un passé noir et blanc, j'en avais oublié les couleurs du futur que j'ai enfin mérité. Bo m'accompagne dans ce périple inattendu du bout du crayon et note les parfums et les cris qu'elle découvre en même temps que moi. Plus je lui parle, plus elle écoute. J'ai bien fait de lui changer ses accus. Nos pas s'enfoncent dans ce paysage sans fin, mais pas sans appétit. Au loin, s'offrant comme une oasis, la ville d'un seul plaisir : Gaméorok tant attendue, tant rêvée, tant construite, résonne à mes ouïes tendues. J'actionne alors mon générateur d'eau et verse dans mes mains rocailleuses quelques gouttes de ce liquide interdit. Bo me fait un clin d'œil, la pauvre ! Devant nous, les gâtines, d'anciennes dunes, sont nombreuses et servent de pâturage aux dagornes. Elles nous obligent à presque voler pour atteindre avant la deuxième nuit

---

[1] Synonyme de reboute.

de cette journée anachronique notre destination. Mais nous ne volons pas : nous faisons mieux !

- Avançons violemment ! crié-je à ma compagne d'infortune. La Cité des Arions n'admet que les vainqueurs !
- Je sais Bo, j'l'ai d'jà dit ! Ferme-la et avance violemment comme susdit, ne te pose pas de question, je n'ai pas les réponses de toute façon ! On ne va pas tout refaire, on va juste faire le nécessaire pour ne pas trop avoir à revenir en arrière d'ici, ça me semble plus logique, si logique il y a ! C'est mieux parfois de contrôlezéder que de tenter de tout reconstruire, tu me suis ? Je malalatête grave !

Je suis bête de lui parler ! Elle est dépolarisée en ce moment, on dirait. Elle bipe, donc elle suit ! On fonce, et on sauvegarde : mets une cartouche dans le lecteur ! La truque s'exécute alors je pisse comme je ris sur les flammes infidèles du feu banal des fours banaux[1]. Ça fait du bien de revenir au début, depuis tout ce temps !

A-t-elle compris que si l'on recommence depuis le début, on pourra éviter de revenir à ce même endroit, parce que je ne pige aucune dalle dans cette histoire !

Il est de nouveau F heures du matin ! C'est un coup de vase, ça ! Il me faut retrouver l'homme au visage sans couleur et le stopper net avant qu'il n'implose. C'est quoi son nom déjà[2] ?

---

[1] Air presque connu.

[2] Voir ligne d'après.

Xéthys !

Le voilà ! À moi l'Adminisphène, la Fatum et la Connaissance, les Réponses, et le Retour, bref, tous les Mots avec une Majuscule, pour faire plus Bo, euh Beau !

— Ici n'est pas ailleurs, rien est un tout.
— Qui parle ? Le chef des Arions[1] ?

Je ne lui demande pas qui je suis, non ! Question inutile et inflorescence pour le moment ! Non ! Je vais tenter un djoquère sur une autre demande plus efficace et qui m'ouvrira sur une autre porte. Et si ça ne colle pas, Bo réinjectera la sauvegarde et on recommencera ! À force, ça va marcher ! Non ? Faut juste que je ne perde pas Bo ! C.Q.F.D. ! Je me reflète la pensée dans l'eau séchée. Xéthys va-t-il pardonner je avec bonté et con-cul-pissant-debout, comme j'aime ; un futur qui n'est pas encore arrivé pour lui une seconde fois ?

Je regarde ce type au visage sans visage, finalement, pour résumer et lui dit, d'un air aussi tranquille mais hypocrite qu'un arion[2] au bout d'une canne à étoiles. Je lui pose ma question directossement, pour gagner du temps :

— Où est ailleurs si ce n'est pas ici ?

---

[1] Suivant comment arion est employé, il prend un majuscule, ou pas.

[2] Petite limace qui s'aplatit devant tout, pensant sûrement que ce tout est le Tout. C'est important de le savoir car c'est la clé du roman. Ceci dit, lecteur, si tu n'as pas compris, je ne peux t'en vouloir car moi-même j'ai du mal à me suivre...

J'attends.

J'ai bon ?

Il ouvre une de ses bouches pour répondre ?

Non, il implose encore, le con !

Fichue histoire, non[1] ?

---

[1] Plutôt, oui !

29

J'avance

Visiblement, je n'entends pas la musique de fond de ce chapitre. Suis sûr qu'elle serait ordinée de bruits sourds en bruits sourds, comme des grondements du Pandémonium, enfin, autant que je puisse l'imaginer puisque personne ne peut me contredire quand je dis que je suis un ange ! J'aurais aimé un environnement moins solitudinal qu'à cet instant : ce silence me fait encore plus peur, comme si le sonder avait été surpris à son tour. Je ne sais si c'est bon signe ? Peut-être qu'il est tellement rare que la question posée soit bonne que le logiciel n'avait pas convenu de le préparer. Il y en a qui sont tellement sûrs d'eux que cela en sent extrêmement mauvais ! Ça me rappelle un souvenir, mais je n'ai pas le temps de vous le conter…

En épilogue, si j'y pense, hoquette[1] ?

Pas de bruit, de son, de musique, d'onde de choc, d'onde d'échoque, ¿ dondé choc ?, rien sinon un silence tuant de profondeur, dans lequel pas même une goutte de pleur ne pourrait s'exprimer sans être assourdissante. J'ahurisse de mes poils tant la seconde est longue de temps, tant il n'y a rien pour guider cette dimension extrême, rien pour me dire : t'inquiète, ça va passer !

Rien.

Pas même une dalle.

---

[1] Pensez à me le rappeler, hein ?

Non, même pas un rien qui pourrait à lui seul déjà quelque chose, le rien du rien, le pire tout pire. Le vide dans le néant du bruit, un trou noir de fréquence, un truc qui avale les sons au lieu de les diffuser, quelle horreur ! Je sens mon cœur qui débat, qui s'inverse, qui sort de mon corpus malade, qui se voit démanuellisé et partir en vrille, en cercle pervers, en rondanlo, en bulles de bulles de bulles de gaz d'Eugène. J'ai mal !

Une seconde, rien de plus, rien de moi, rien d'égal. Une seconde qui à elle seule compte pour deux fois plus qu'un éclair de génie sans bouillir d'énervement. Une seconde, ça se doit de baiser avec une autre et de se reproduire.

Un, deux.

Pas de trois ? C'est quoi cette arnaque ? On ne m'a pas appris cela ou je me gourraille ? Même dans la plus forte des fonctions du matin, aucun prêtre n'aurait su m'annihiler de la sorte, c'est fou ! Ni su, ni pu, vu que je ne me serais pas laissé faire dans cet itinéraire orange et bleu. Ce n'est pas que je m'y suis habitué, mais j'aime ce trois après le un et le deux, je ne sais pas, il me rassure la couenne simplement et j'en sais la suite : c'est peut-être pour ça que l'homme sans visage me dévisage, un comble ! Pauvre type, pauvre hère, pauvre pauvre, pauvre rien qui se moque tôt, qui se moque tard. Pour une fois, il est gonflé, comme la dernière fois, il implose et me voilà ailleurs, loin d'ici : ça change !

Que va-t-il se passer ?

Une page de pub, sûrement...

J'avance

Dans le ciel qui tournoie, un avion-poubelle ramasse quelques débris de satellites déroutés par des orbites trop au net pour les polir :

> Pour des cieux propres,
> Astèro-Colyre à votre service !

Fin de la pub : retour à ma peur, à mon trileur, à mon châtreur, à mon sein-cœur qui bat, bat-bat, bat, bat-bat...

Isabel, où es-tu ? C'est pour toi que je fais cela, tu le sais ?

Je récape : un, deux ! Et le temps ne bouge pas, seule ma pensée divague vers un futur improbable : quel cagnard il fait ! Il pourrait m'aider au lieu de se les jeter de la sorte, non ! Encore un de la génération de Bo, on ne pourra rien en faire, toujours à attendre que l'attente passe, c'est comme un fernal que de vivre ainsi. Ça sert à quoi ? Il est clair que ce débat est d'un autre temps, mais puisqu'il n'y a plus de temps, au temps en profiter. Au temps pour moi, j'ai commis une faute, c'est autant en profiter, le reste qui suit est bon, si, si, je vous assure, et même avec votre malus, imprudent que vous êtes !

Et si trois n'était pas trois ? Mais Troie, ou troys, ou troua, ou troua, ou teuroua ! Ça changerait tout, le rien en tout. Je suis con, j'y pense tout à coup, à tout atout tout est atout ! J'ai posé une question, certes, j'en suis fier, et ma famille aussi, mais pourquoi aurais-je une réponse ? Oui, puisque je ne suis plus là, tralala.

Hein, pourquoi ?

Enfin, même en plus clair d'Élune que je peux l'être, pourquoi la réponse serait claire comme de l'eau de minéraux ?

Je n'arrête pas de me cartésiner depuis le début et je ne gagne rien, sauf à être connu par vous, mais si cela continue, ça va s'arrêter ! Et vous vous retrouverez avec cent pages blanches et une (Isa) bel couverture pour tenir votre propre journal.

Oui, j'ai prévu encore quelques pages... et je ne vous conseille pas de diagonaliser sinon je vais vous perdre, déjà que moi, c'est limite !

Qui suis-je ? Non, où suis-je !

Je vais me permettre de raisonner, de résonner, de zoner. S'il ne me répond pas sinon en implosant, le feu Xéthys, ce que dans cette peu banale réponse, il y a un message. Simpeule ! Et le message dit que si je n'entends pas sa réponse, c'est qu'il est ailleurs pour me répondre !

Où est ailleurs ? Ben là où il est, ce Xéthys, pour me répondre, mais comme je n'y suis pas, je ne peux pas entendre ! Il est fort ! Il a réussi à ma répondre alors que je ne pouvais pas l'entendre et ne pas répondre non plus.

Oui ? J'ai gagné quoi ? Un Canus à chaque fois que j'ai dit répondre ou réponse ? Coule !

En clair comme enfoncé, je n'ai plus qu'à avancer vers Xéthys, ou du moins son reflet d'âme-son reliquat, plutôt d'âme Samson. Je vais le toucher dans moins d'un rien.

Gotou l'Adminisphène. Et...

... Et rien, je passe à travers ! Quel mauvais film, on a l'impression d'un certain lésinage sur les effets spécieux ! Personnellement, je trouve ça agaçant de ne pas aller au bout de ses envies et de ne pas s'en donner les moyens. Sincèrement, le suce pense était au sommet de l'intrigue, et hop, tout à coup, il ne se passe rien ! Heureusement qu'en plus, ici, ce sont mes rêves qui sont réalisés, sinon !

Déçu !

Et vous ?

31

Isabel

L'échanson vient me servir à boire, l'âme a de l'eau, c'est une évidence. Il est crucifère à croire que je ne suis pas le seul à la porter et il me faut avancer, c'est récurant, c'est leïtmotivant, c'est ainsi ! Mais ce Xéthys est transparent, sans pour autant laisser passer la lumière, c'est à souligner. Mais ce Xéthys est transparent, sans pour autant laisser passer la lumière, c'est à souligner. Mais ce Xéthys est transparent, sans pour autant laisser passer la lumière, c'est à souligner. Mais ce Xéthys est...

Bo ? Ça rebeugue, fais un truc, je crois qu'on perd des neurones et des bits. Ça nous glisse comme un serpent de lac dans une rigole asséchée. J'y perds mon latin, mon grec, mon sang, mon temps, mon esprit. C'est quoi cette notion du temps ici d'ailleurs ?

Bo n'est pas dépassée et sa zénitude ne me dépasse pas plus qu'un vol de corps mourants au-dessus des conques. Je vais me reprendre, mots et corps pour que demain finisse par profiler son aurore. J'aimerai tant qu'elle soit de retour, elle qui fut, elle qui était, elle qui n'est plus, Isabel. Je n'ai pas de regrets, sans doute des remords. J'en ai commis des bourdes grasses et si je ne paie pas encore, c'est uniquement parce que je suis fauché !

– Tu as vingt-douze Canus dans ton porte-Canus ! imprime Bo !

Trop basique ! Ne pas faire de différence linguistique alors qu'elle a près de mille taragigos en elle. C'est nul ! Je vais lui en remettre deux cent cinquante-six, pour le faune.

Je pense, je pense, je pense.

Isabel, tu te souviens ? Des jours anciens alors qu'ici ancien ne veut rien dire ? T'en souviens-tu ? De ces jours mots dits dans le creux de nos oreilles, quand l'escargot était à vif ? Il m'en souvient, et au mieux, des magnétiques pourraient raviver le son des cheveux châtaignes. La route était si longue pour que mon pénis ne puisse se clitoriser en toi ?

Bo, allez ! On avance ? Arrête de me faire ressasser ces neiges éternelles, s'il te plaît ! Regarde si tu n'as pas dans ta BDD un exploit sur Xéthys, consulte vite, car ça traîne.

Bo crépite et atteint les 7200 tours. Ce n'est pas le moment de l'arrêter même pour redémarrer, sinon on en perdrait une bonne moitié. C'est vrai, il y a des moitiés qui se valent, et d'autres non ! Laquelle perdrions-nous ?

Isabel est en moi, là parce que rien ne peut remplacer ce qui doit être remplacé. Chacun à sa place dans sa vie et la suite n'est pas là pour effacer, mais simplement pour suivre ce qui a déjà été fait. Isabel ? Je n'aime pas ne pas maîtriser mes souvenirs, en revanche, je n'aime pas non plus les maîtriser. Que ça coule, c'est tout et qu'ils prennent leurs places dans le jeu !

Et je ferme lézieux.

Merde ! Voilà que je t'entends jouir à présent ! Quel chant inhomophonable ! Ils ont tant foisonné que je me suis demandé si j'y étais pour quelque chose ! Dire que je n'ai pu te bouffer tant tu étais à fleur de chatte ! Mais j'aurais tant voulu couler avec toi dans tes abysses quand l'ivresse prend en charge les inhibitions cathodiques. Je sais que tu as vu mille vies nager entre tes cuisses légères et stériles. Je fus poisson jadis, mais je n'ai pas dû assez te sourire pour te convaincre de ma liqueur. Tu l'as goûtée, elle te plaisait, semble-t-il ? Je t'ai visitée par en bas, par en haut, par tout. Peut-être y suis-je encore, faufilant mon corps blanc et te matant vaginalement le col par l'intérieur ! N'y a-t-il pas de meilleur orgasme que cette vibration ?

Gueule ma belle, mon Isabel, je t'interdis de te retenir, même si tu es avec un autre. Te savoir décoller ainsi est mon plaisir égoïste. Je te sens, donc je te suis ! Merci ! C'est bon de penser à toi en érectant ! Ces moments-là sont à moi, à nous, pas à eux ! Et peu importe qui ils sont, au pire ils seront, mais jamais ils n'auront été…

Alea jacta reste en toi ! La mort ainsi ne peut être souffrance.

Alors je rêve à tes sables immouvants dans ton lit atypique de femme mûre et tendre comme des grenadilles poumonnées. Je rêve à toi qui me taillas la peau de tes fines et blanches mains jusqu'à plus sang, jusqu'à plus jouir. Perfide que tu fus, je n'ai jamais autant atteint cette jouississitude, comme celle que les marins disaient connaître lorsque leurs bateaux voguaient sur des eaux appelées océans, paraît-il ? Où cs-tu femelle aguichante, reine des volages, princesse des mille et un jours, impératrice de la caresse impossible, où es-tu, toi l'inventrice de ma puissance, la révélation de mon éjaculation, la garce de ma suprême victoire, ma sirène aux chants de corail, ma baiseuse de concours, ma douce fente ? Tes trous me manquent, tu en profites, et tu te régales de ma souffrance masturbatrice ! Tu jubiles alors que je pleure ma vie dans mes mains calleuses de t'avoir trop suppliée. Et me voici ici, à Gaméorok, planté dans un décor délustré et sombre. Bo ne t'arrive même pas à la chatte. Voilà un rêve dont je me serai bien passé. Ma salope, apprends que je t'entre-baiserai comme tu m'as appris à le faire et sache que la prochaine fois, c'est toi qui me payeras pour que je t'infuse avant que je ne te file ma queue entre tes jambes.

Isabel ? Dès que j'ai répondu à cette satanée question, j'arrive !

37
―――

Bo parleur[1]

Puisque je suis passé au travers, et d'Isabel et de Xéthys, j'avance en zappant cette outrecuidance. Bo me suit, ainsi qu'une kyrielle de bigornes miniatures[2], je ne saurai vous dire pourquoi, sans doute un délire très mince de ma part, pour faire du nombre. Me voilà de nouveau, c'était prévu, dans la Cité, sauf que cette fois-ci, je ne suis pas une erreur, ça change ! Le centre cardinal n'a pas changé de forme, il y a toujours le marché et sa foule obsolète accompagnée de bruits immondes. J'ai envie de rentrer chez moi alors que je dois aller de l'avant pour retrouver mes pas imbéciles.

Une nuit temporaire éteint la populace et le troisième matin de la journée se prépare : c'est le moment où jamais pour moi de traverser cette place incognito. Je demande à Bo de m'aider à parler leur patoyage. Comme réponse, j'ai un clignement de diode ! Quel humour, j'adore ! Pas vous ?

Pourquoi traduire alors que tout à l'heure il me comprenait ? Parce qu'en parlant ma source, ils savent que je ne suis pas des leurs, donc, me prennent pour un gogo. Là, j'en suis à ma deuxième chance, mais je ne veux l'étaler enfin, la gâcher !

– Bo ! Traduis la phrase suivante : Suis-je ailleurs ?

Bo neuronise.

---

[1] Ou parleuse, je ne sais pas, moi : qu'en pensez-vous ?

[2] Une bigorne, même miniature, vaut au moins cinq Canus au cours du demi jour.

— Bin ich anderswo ?

Je m'abasourdis avec un seul s[1] !

— Bo ! Fous le bon cédérome, je n'ai pas que ça à faire ! Je te rappelle qu'ici tu n'es pas cotée, alors gaffe à toi !

A priori, et aussi a posteriori, Bo n'a pas réponse à tout. Je la vois fumer, mais rien ne sort de son port 8080 !

Et là, ô génie que je suis, je me dis que c'est peut-être le même coup qu'avec Xhétys : ce n'est pas parce que je n'entends rien qu'elle ne dit rien ! Son silence n'est pas « dort ! ». Au contraire, autre langage, autres fréquences ! Infra, ultra ?

Intra ! C'est de l'infrason... Infernal à mettre en place, très difficile à imiter et impossible à comprendre hors de Gaméorok ! Je savais que cela existait, mais c'est aussi rare qu'une femelle à trois bulbes !

La communication ici n'est pas facile à établir, ni entre soi et les autres, ni entre soit tout court ! Bon, je résume avant de me remettre à palabrer. Que dit WikyBo :

— Le rayonnement infrarouge (IR) est un rayonnement électromagnétique d'une longueur d'onde supérieure à celle de la lumière visible, mais plus courte que celle des micro-ondes. Le nom signifie en deçà du rouge, le rouge étant la couleur de longueur d'onde la plus longue de la lumière visible. Cette longueur d'onde est comprise entre 700 nm et 1 mm. Le rayonnement ultraviolet est un rayonnement

---

[1] Même quand je parle mal, je n'arrive pas à parler mal.

électromagnétique d'une longueur d'onde intermédiaire entre celle de la lumière visible et celle des rayons X. Le nom signifie au-delà du violet (le violet étant la couleur de longueur d'onde la plus courte de la lumière visible.

L'intra, c'est au milieu, mais pas au centre : pour que l'intra s'exprime, il lui faut une notion en plus : le temps. C'est lui qui va permettre à des oreilles ou des outils avertis du même acabit de percevoir un semblant de son, ce terme étant en plus impropre. Et encore, je dis percevoir, je n'ose dire émettre ! Pour cette étape, je pourrais me débrouiller avec Bo ! Intra veut dire « dans », donc je dois trouver cette onde qui voyage dans le temps et aussi dans l'espace. Quelle machine va pouvoir translater ma langue de chair en la leur ?

– Bo ? Tu m'as répondu ?

Il semble ! Donc elle émet ? Mais reçoit-elle ?

Il ne semble pas ! Il va donc me falloir émettre des questions dont les réponses ne seront pas des paroles en infrason, mais peut-être des signes, des images, des couleurs, le tout sans être dévoilé, étranger que je suis. Ça fait deux fois en peu de temps que je suis obligé de réfléchir aux questions que je pose.

Pause ! Je demande à Bo de me relire le début à vitesse 2.4, j'assimile assez bien.

Terre mauve
Ciel vert
Mer jaune
Montagne bleue
Soleil violet

Je bloque Bo dans le déplacement de ses fenêtres pour qu'elle me traduise en moi les couleurs : c'est juste une question de fréquence après tout. Ensuite, je lui demanderai de les émettre et on verra bien.

Avant ce moment, je contemple la Cité et j'arbore une certaine fierté à être en sa présence parce que je pressens que dans moins d'un temps, il va se créer des vibrations intenses à faire pâlir les musiciens du quatrième Degré et tous les marquis de Sade.

Le temps, le temps, le temps : une valeur qui a tant de valeur et qui est si fluide pour ne s'attacher à aucune aiguille d'aucune montre. Indivisible et pourtant élastique qu'on devrait toujours pouvoir le couper en deux à l'infini vers l'impossible. Gaméorok vit de cette dimension, ses indigènes vident cette dimension : forcément, il y a hiatus et combats vigoureux, bien que perdus d'avance. Ce dont je suis sûr, c'est qu'un jour, Isabel ne manquera plus, déjà que je ne l'avais pas loupée ! Une question de temps. Et du temps, j'en ai trois !

41

Le retour au début II

Connaître ou ne pas connaître, voici la question. Moi, je me dis que je ne connais pas vraiment Bo finalement, acariâtre que je sais être quand la pluie tombe du puis. Si j'avais été comme Bo, je ne voudrais pas de moi. C'est réussi, Bo ne veut pas de moi : elle est, et c'est tout.

Bref, sans elle, les questions de cet endroit me gonfleraient et je n'avancerais pas, tel un arion. Et puis si je partais là d'où je viens ? Personne ne me le demande jamais, ou toujours, et je reste planté là, sur un sol humide alors que l'eau n'existe plus. J'en envie d'une idée ? Je ne sais plus mon âge, je ne sais plus mon passé, je ne sais plus ma naissance : naître, connaître, naître d'un con ? C'est si vrai en plus : je ris...

Quand tout à coup, il ne se passe rien.

Enfin, si, on recommence le reboute pour aller voir machin avant qu'il n'implose. Enfin, il peut imploser, tant qu'il me répond avant !

Faut que j'apprenne qui est ce Tout, ce Rien, pour voir si ça vaut le coup que je reste arion, ou que je me casse. Vous en pensez quoi, vous[1] ?

---

[1] Hein ?

Le pays est le violet, le ciel est vert, la mer est jaune. La première montagne que je vois est bleu violet, cachée du soleil levant pour être vraie.

Bon, ce n'est pas tout à fait ça le début : je règle Bo.

Le pays est le violet, le ciel est vert, pas jaune. Le premier bleu de montagne est violé, couvert le soleil se lève pour être vrai.

Oui, ça vient !

La terre est mauve, le ciel est vert, la mer est jaune. La première montagne que je vois est bleue, cachant un soleil naissant trop violet pour être vrai.

Ça marche !!! Xéthys, on arrive !

Xéthys clignote d'un seul côté. Étrange pour Bo qui s'étonne : c'est bien la première fois que je la vois s'émulsionner ainsi.

Oui, tu vois, Xéthys nous parle plus facilement que tu ne le comprends. J'ai décidément de moins en moins besoin de toi, heureusement que j'en ai encore l'envie ! Coquine, va !

— Xéthys, s'il te plaît ?

— Ce n'est pas vrai, il implose encore !

Quand je suis arrivé sur Gaméorok, il y a quelques pages, je ne me suis pas dit pourquoi ici et pas ailleurs, même si le grand discours de ce patelin est de savoir qu'ici n'est pas ailleurs, pardi ! Quelle plaie au nasme[1] ! Mais je me dis que chez ces gens-là qui pratiquent un langage digne de ce nom, de ce verbe, de cet adjectif, on ne commettrait jamais une plaie aussi marquée ! Va falloir que je comprenne à un moment ou à un autre. Va falloir encore rebooter et aller dans le passé. Ça m'énerve, pas vous ?

Quand j'ai une idée :

— Bo ! Tu peux faire un restaure ? En V2.2.99 ?

C'est fait !

Quand je suis arrivé sur Gaméorok, il y a quelques pages, je ne me suis pas dit pourquoi ici et pas ailleurs, même si le grand discours de ce patelin est de savoir qu'ici n'est pas ailleurs, pardi ! Quelle plaie au nasme[2] ! Mais je me dis que chez ces gens-là qui pratiquent un langage digne de ce nom, de ce verbe, de cet adjectif, on ne commettrait jamais une plaie aussi marquée ! Va falloir que je comprenne à un moment ou à un autre. Va falloir encore rebooter et aller dans le passé. Ça m'énerve, pas vous ?

---

[1] Le nasme est une partie du cerveau qui souffre lorsqu'elle voit le langage écrit ou oral maltraité.

[2] Le nasme est une partie du cerveau qui souffre lorsqu'elle voit le langage écrit ou oral maltraité.

- Bo ! Tu peux faire un restaure ? En V2.2.95 ? Là tu n'as pas été assez loin, on est remontés à même pas une minute ! Fais un effort, on va perdre les lecteurs[1].

Bo bosse à ça correctement :

- Xéthys, s'il te plaît ?

D'un côté il fait jour, de l'autre pas. Et pour savoir l'heure, avec leurs cadrans hyphragéniques à trois aiguilles désolidarisées, vraiment, c'est infernal. Il serait temps qu'ils passent aux diodes double passing inversé. Bref !

Ici n'est pas ailleurs ? Mais quel con ! Comment ai-je pu passer sur cette phrase comme un billet dans une queue de loup ? Suis sûr que c'est la sortie ce truc, que je change ma pensée.

Je m'oriente, je trouve un nouvel axe : comme je voudrais qu'une nouvelle couleur puisse exister. Cela doit être splendide, inattendu, simplement beau. La réponse est là.

- Xéthys, ne bouge pas ! Je reviens ! Je fais une pause mauve, une pause verte, une pause couleur...

---

[1] Si cela n'est pas déjà fait.

43

Encore elle

Puis la pause se dépose et me revoilà !

- Oui ? dit l'amachine.
- Non, rien à voir avec toi, j'autoparle ! Gélifie donc Xéthys pendant ce temps, car il faut que je bande !

Le mieux tend vers le mieux vers le mieux vers le mieux vers le pire qui devient mieux, et toujours, et encore, éternellement vers une fin sans fin et un début sans début ! C'est beau, comme un mépris que l'on garde pour soi parce qu'il est trop personnel pour être attribué ! Je veux revoir ce que je n'ai pas eu le temps de croire et croiser ce que je n'ai su croiser, ni les gens ni les bras, ni le fer, si brut, si abrupt, effort si fort, si clair, si clair... Isabel ?

Je la revois tout à coup comme un souvenir qu'il me manquait de vivre, car trop prétentieux, trop gourmand, trop violent, trop violé, ou pas assez ! Violez-moi, intrigants de Gaméorok, je suis à vous comme vous et je n'accepterai pas d'être déçu par votre manque de rage, de courage, de force. Regardez comme je vole sur la musique, tenu par les quelques piles boutons de ma chemise en toile d'araignée. Je vole de nouveau, et je pars, c'est fait ! Ici n'est pas ailleurs, ailleurs sera ailleurs, autrement, pas comme ici, l'exit qui m'excite. Isabel, tu m'as guidé de ton sommeil, de ton soleil pour venir chercher ici ce que je ne suis pas ! Pourtant, Isabel, je ne sais plus qui tu es, Isabel ? Mais je saurais t'aimer, toi qui te « Terre » sur une autre. Pourquoi dois-je t'attraper ? Parce que ! Voilà la plus belle des réponses !

Et la Cité des Arions m'accueille dans le plus grand des respects, car je viens pour la contempler comme un rideau d'imagos sensible une seule fois à la lumière des jours de ce jour. Je me sens humble et si fort de tout haut. Je veux changer mon passé en futur.

Et sur la place de la Cité, toute seule dans une foule courageuse qui s'enivre, elle est là, posée, pausée, dans un non-bruit assourdissant. Ris ma belle, je te suivrais comme un oiseau abrité, comme une perle de soudure, comme un câlin de lait, comme une tournure trop droite, comme une.

Comme un.

Isabel ?

Alors que je m'approche, elle s'engourdit dans un châle d'organza ou d'organdi, on s'en fiche. Elle s'organdit, voilà tout, ou Tout...

Ô femme sans moi, Ô moi sans toi ! Patiente un instant, éclaire-toi en une multitude de toi qui s'écloperont : des Isabel, des Isabelle, des Isa-belles, des Ysabhel, des toi, encore. Ici n'est pas ailleurs, tant de toi pour un si petit moi ! Dois-je choisir ? Et je m'approche sans m'arrêter et je me fonds dans vos yeux, je compte par unités profondes. Alors que je devrais les toucher, je vole toujours dans un monde sans faille, mais pas sans précipice. Qui vais-je voir en fin de ce trou noir d'ivoire ? Y voir ? Y goûter ? Y aimer ? Y mourir ? Non ! Pas mourir, la Cité n'est que celles des Vainqueurs, je ne suis pas un arion, je vais vivre mon amour ! Je vais vivre.

Vivre.

Encore elle

Et la grand » messe commence, comme une fête de Noël quand Noël, c'est tous les jours. Je continue ma descente au son des bas-bois, des corps anglés, des claires nettes. C'est ainsi lorsque qu'il n'y pas de fin, on glisse, on glisse, on glisse...

... toujours, en se sentant bien puisqu'il n'y à rien à percuter, sinon sa propre Vérité qui tarde, mais cela est normal, puisqu'elle n'est pas prise par le temps puisque le temps est sans fin.

À présent, — même si le mot présent ne représente plus rien ! — tout est calme comme une jupe de vierge : il ne se passe plus rien et les lettres se crépitent plus lentement sur mon lède. La Fatum vient donc de me faire un cadeau : du temps pour la comprendre ! Oui ! On va toujours trop vite pour comprendre les lois, les règles, les procédures et ou on les loupe ou on ne les assimile pas. Moi j'ai du temps à l'instant.

Une femme chante, une Isabel, forcément ! En fait, peut-être n'y en a-t-il qu'une et c'est moi qui en vois plusieurs, parce que je ne sais la regarder en totalité, un coup sa tête, un coup sa main, un coup sa chatte, un coup ailleurs. Isabel est unique, et moi je la démultiplie sans la respecter. Je ne suis pas en elles, mais je suis en elle. Me suis trompé encore une fois ! Isabel chante, je suis sa voix en sa voie. Elle est miel et sirop. Je glisse. Glissez-vous, vous ?

Elle était là, elle n'est plus là.

Suis-je né pour vivre, voire survivre ? Je me suis souvent dit qu'il ne fallait pas subir sa vie, mais suis-je assez intelligent pour pouvoir négocier avec la vie d'égal à égal ? J'ai beau chercher, je ne trouve pas l'ombre d'une réponse aux milliards de questions que je me pose parce qu'il doit être évident que les questions posées ne sont pas les bonnes. Tout ça parce qu'Isabel m'a plaqué.

C'est banal, hein ?

Justement, est-ce que cela l'est ou non ? Ce qui ne l'est pas, c'est en tout ma conclusion certes hâtive, mais lucide : je ne lui en veux pas, enfin, pas tant que ça. J'en veux à la Vie de me l'avoir mise dans mes pattes, dans mon cœur et autour de ma bite et de me la retirer tout à coup. Pas cool.

– Oui ! Tu as raison, c'est une belle salope, ton Isabel, a dit Machin Ducon.

Or non, Isabel n'en est pas une, seule la Vie qui me l'a portée en est une. Et me voilà lâche, car je ne peux dire à cette Vie ses quatre vérités, car je ne sais ni où ni comment elle est.

C'est une salope je vous dis, la vie !

Non, Bo, je ne parle pas de toi…

Je ne veux pas qu'on soit d'accord avec moi, juste qu'on m'explique pourquoi Isabel m'a été offerte, puis reprise. Je me dois de trouver le message, caché ou pas, parce il serait inconcevable qu'il n'y en eut point ! Bref, je vais finir ma vie seul !

Oui, Bo je sais que tu es là ! Mais je souffre, et tu ne sais pas souffrir, toi !

Pour moi, la souffrance que l'on reçoit n'a pas vocation à être quantifié : on souffre ou on ne souffre pas, point ! Il n'y a pas une échelle de la souffrance.

Faudrait que je dorme.

Merde, Xéthys ! Je l'ai oublié, ce con !

47

Encore lui

Donc, je suis juste au moment où il passe son temps à imploser, comme par nécessité. À mon avis, la question que je lui pose le trouble, le fait beugguer. Que lui dis-je déjà ?

— Où est ailleurs si ce n'est pas ici ?

Houlala ! Il vacille déjà. Je ne peux empêcher la suite. Même quand je pense, il entend. Où est-il donc alors ? En moi ?

C'est alors que j'ai l'idée de l'abreuver de nouvelles questions, pour déstabiliser ce qui lui sert de veau lent, de cerf-volant, de cerveau lent.

— Qui est-il ?
— Pourquoi n'y a-t-il pas ?
— Comment faire pour ?
— Est-ce que ?

Tiens, Xéthys ne tremble plus : au pire, il déraille, mais rien d'autre. On peut donc lui poser des questions, mais il ne faut pas lui donner la possibilité de réfléchir et donc de répondre : à quoi ça sert alors ?

En fait, je me demande si vraiment, je lui pose les bonnes questions ? En fait, il n'y en a qu'une dont la réponse me turlupe la pine sans peine :

— Dis-moi, comment je fais pour rentrer chez moi ? Parce que là...

Dois-je continuer ma route sans l'avoir commencée, sinon par la fin dans un cercle ni glauque, ni pervers, ni vicieux ? Bo me suit, ou me précède sur cette pseudo planète plate et creuse et où je peux me voir de dos si je regarde très loin devant moi. La seule question qui perdurera : j'y suis, ou pas ?

Et je tombe dans mon vide, avec mes règles, depuis Gaméorok vers ailleurs, pour savoir qui je suis, où je suis ! Et pourquoi je cherche cela ? Ça non plus, je n'en sais rien, décidément, on n'en saura pas grand-chose dans cette histoire, à se demander si cela valait le coup de la lire !

Un rêve ?

Non, une réalité au contraire, la nôtre qui nous permet de nous situer, de se parler enfin avec les mots que l'on comprend. Bo ? Une petite voix, peut-être ! Isabel ? Une femme, la femme, celle dont on rêve, mais qui ne rêve pas de nous ? Gaméorok ? Un monde qui est bien le sien, mais pas celui des autres, puisque les autres ne sont pas nous ! La Fatum ? Une sorte de conscience, de cicérone, de rassuritude, de plan, de gépéhèsse pour ne plus avoir peur ? De qui ? De quoi ? Pourquoi ?

Je suis fatigué de recommencer à chaque fois pour obtenir je ne sais quoi ! Pourtant, tout a bien commencé : la terre est mauve, le ciel est vert, la mer est jaune. La première montagne que je vois est bleue, cachant un soleil naissant trop violet pour être vrai. On aurait dit comme un cicérone de voyage, pour donner envie à l'envi. Puis cela se gâte car Bo et moi, et surtout moi en fait, ne comprenons rien aux règles de cette Cité des Arions. Suis-je un arion ? Est-ce un compliment ? Ai-je gagné ?

Suis-je alors un vainqueur ? Vains cœurs ? Vingt chœurs ? Vainc heurts ? Ou versa vice ?

Xéthys ?

Tiens, il est toujours là… Je vais essayer de tourner ma question de façon à ce que je n'aie pas à recopier-coller ce ~~chapitre~~ moment, vous risqueriez de vous lasser. Je propose à Bo de travailler à ses Core perdus[1] et de me donner fista presta une idée, car moi, je dérape grave. Et ladite bécane me propose de ne pas lui poser de question.

Merci, tu parles d'une réponse ! Ah, je me dis qu'on était bien quand on avait des ordinogrammes en simili plastique : bien sûr que c'était plus long, mais ils étaient moins cons !

Faut que je boive ! C'est vrai qu'il n'y a pas d'eau et je n'ai pas pu depuis longtemps, quoiqu'à bien y réfléchir, puisqu'on est toujours au début de l'histoire, cela fait peu de temps. Bo insiste : ne pas poser de question ! Et elle ajoute : et le provoquer !

C'est ainsi que je fais son idée mienne, elle ne pourra pas se plaindre, heureusement.

– Xéthys ? Je sais tout. Je sais Tout ! Mieux, je sais.

Je bluffe comme un trocart de printemps. Il ne voit rien venir et tombe dans le panneau tendu du piège tissé.

---

[1] Elle en a au moins huit, je vous informe.

— Ça m'étonnerait ! répond-il, en s'éclairant de rouge violacé. Ah, oui ! Ça m'étonnerait fortement ! Tu mens ! Que peux-tu savoir qui puisse être su ?

Bien sûr que je mens, mais lui n'en est pas sûr. Et du coup, il n'implose pas, le Xéthys !

Je crois que j'ai gagné !

Mais je ne sais pas quoi ? Il respire fort et m'insuffle :

— Tu as passé ton temps à te perdre et dans les pages de ce roman et dans les rues de la Cité ; tu n'as rien compris et tu m'informes que tu sais tout ? Tu te fiches de moi, de nous ! Tu balsphèmes[1] ! Tu ne peux savoir, car personne ne sait, t'entends, l'arion, PERSONNE !

Je sens que j'ai abusé du temps qui ne passe pas assez vite. Je sens que je vais payer pour mon impertinence. Je sens que ma foi va me lâcher.

Bref, je sens.

Non, je ne sens rien, en fait.

---

[1] Lire : blasphèmes.

53

Le vainqueur de la Cité

Voilà, c'est fin, c'est la fin, l'end de l'astory. Visiblement, j'étais venu sur Gaméorok pour que Xéthys n'implose pas ! Tu parles d'une mission incompréhensible ! Comment peut-on embêter les gens[1] avec une histoire pareille ?

Puisqu'il est encore entier, Xéthys revient sur ma dernière phrase et insiste lourdement comme une caillasse inversée en m'insultant presque. Je tente de le calmer.

– Non, glauquè-je. Je te dis que je sais, alors je sais !

– Et ça va te servir à quoi ?

Bo me taraude qu'il faut continuer à le provoquer sinon, il implosera ! Sincèrement, je ne sais pas ce que ce ça pourrait changer qu'il peste[2] ou non !

– Ça me servira à… ça me servira à… ça me servira à… devenir… à devenir, voilà c'est tout !

Je suis assez content de ma réponse. Elle n'est pas tiptop ? Hein ? Bo jubile, ventile et puérile[3]. J'aime quand elle approuve,

---

[1] Vous !

[2] Lire : pête.

[3] Du verbe puériler.

même si je l'ai programmée à ça, mais je me fais croire qu'elle est honnête !

– Donc tu deviens ? Mais tu en connais les conséquences ? Devenir n'est pas un acte banal. Tu le sais, tu n'es pas idiot à ce point ? Tu veux être Celui ?

– Euh ?

– Alors, attends-toi au pire.

Le voilà qu'il me provoque. Pourquoi me provoque-t-il ? Parce que je l'ai provoqué ? Pourquoi l'ai-je provoqué ? Pour ne pas qu'il implose ! Pourquoi me provoque-t-il ? Pour ne pas que j'implose !

– Putain de merde !

Tiens, Bo se recule ? Aurait-elle compris avant moi ce que j'ai compris après elle[1] ?

– Xéthys, ça veut dire que… ça veut dire que… ça veut dire que la Cité des Arions est le but, le dénouement, la fin de toute vie. Être arion, c'est rester là, à ne rien faire et suivre des ordres lents et gluants, sans comprendre, juste attendre qu'il ne se passe rien.

– Tu parles de Lui ? colèrise Xéthys.

---

[1] Ou lui, après tout !

J'ai envie de partir. Suis dans un monde qui n'a pas de fin ? Qu'est-ce que Gaméorok ? J'ai envie de partir, j'ai envie de ne pas être venu ici !

– Tu es sûr de ton coup ? répond Thierry Brayer[1].

Ça me paraît plus simple, sinon comment conclure ? Comment s'y retrouver dans ce fatras linguistique ? Même toi, l'auteur, tu ne t'y retrouves pas ! Allez, je vais te donner cette idée qui te manque : pour ne pas avoir à finir cette histoire, tu n'as qu'à ne pas la commencer. Il suffit de faire controla puis suppre et hop ! De ce fait, cela m'évitera aussi d'imploser, parce que je sens que… et je ne m'en porterai pas plus mal. Si tu n'étais pas intervenu dès les premières pages, j'aurais continué à ne pas exister, et cela n'aurait dérangé personne.

– Excuse-moi d'avoir inventé cette histoire ! Tu sais, j'ai d'autres idées en tête et j'aurais très bien pu te zapper. Certes, mais c'est trop tard ! Il y a des copies partout de cet ouvrage, qui en passe de devenir un best-seller[2]. J'ai l'impression que tu me cherches depuis le début et cela m'agace profond !

– Tu te la joues, là ! Personne ne va la lire, cette histoire ! Personne ! Suis même pas sûr d'ailleurs qu'elle soit bien écrite !

---

[1] NDLA : c'est moi, celui qui a mis son nom sur la couverture, l'auteur quoi, mais pas le narrateur car le narrateur c'est lui, pas moi ! Essayez de suivre car sinon vous allez louper la fin.

[2] NDLA : bon là, on sent que je me la joue un peu.

— Sympa ! Je te crée et tu ne m'encenses pas ? Rappelle-toi que je suis ton père[1] ! Tu n'es qu'un arion ! hurle Thierry Brayer.

— Ah, enfin, quelque chose de cohérent ! réponds-je. Enfin ! J'ai donc ma place ici, mais je n'en veux plus ! Alors, tu fais quoi de Xéthys, de Bo, de moi ?

— Sais pas ! Je n'aurais jamais dû commencer, jamais te donner vie. Faudrait revenir au début et modifier le premier chapitre pour plus de simplicité et envisager une autre suite, moins complexe, et moins vexante pour moi.

— Revenir, encore[2] ?

---

[1] Phrase attribuée injustement à George Lucas.

2 Ah ! Je vous avais promis en page 75 de vous raconter un souvenir, mais le temps presse et le chapitre suivant va tout remettre en question. Désolé !

1[1]

---

[1] Qui n'est pas un nombre premier, certes, mais ce chapitre est le vrai premier.

Gaméorok

La terre est mauve, le ciel est vert, la mer est jaune. La première montagne que je vois est bleue, cachant un soleil naissant trop violet pour être vrai. À trop voyager dans un passé noir et blanc, j'en avais oublié les couleurs du futur que j'ai enfin mérité. Bo m'accompagne dans ce périple inattendu du bout du crayon et note les parfums et les cris qu'elle découvre en même temps que moi. Plus je lui parle, plus elle écoute. J'ai bien fait de lui changer ses accus. Nos pas s'enfoncent dans ce paysage sans fin, mais pas sans appétit. Au loin, s'offrant comme une oasis, la ville d'un seul plaisir : Gaméorok tant attendue, tant rêvée, tant construite, résonne à mes ouïes tendues.

– Tu vois, Bo ? Un jour, peut-être, nous irons à Gaméorok, mais pas aujourd'hui.

FIN

GAMÉOROK	9
XÉTHYS	15
LA CITÉ DES ARIONS	21
L'ADMINISPHÈNE	29
LA FATUM	35
LES OMBRES	43
LE CHAPITRE SUIVANT	49
LE NOUVEAU RÉVEIL	59
LE RETOUR AU DÉBUT	67
J'AVANCE	75
ISABEL	83
BO PARLEUR	89
LE RETOUR AU DÉBUT II	95
ENCORE ELLE	101
ENCORE LUI	109
LE VAINQUEUR DE LA CITÉ	115
GAMÉOROK	121

© Thierry Brayer

Éditeur : BoD – Books on Demand
12/14 rond-point des Champs Élysées, 75008 Paris
Impression : BoD – Book on Demand, Allemagne

ISBN : 9782322040780

Dépôt légal : janvier 2016